New Wun Ching Developmental Publishing Co., Ltd.

New Age · New Choice · The Best Selected Educational Publications — NEW WCDP

現代詩的

藝術跨界與應用

顧蕙倩・洪淳修・林育誼・陳 謙・嚴忠政・林德俊 編著

序言

現代科技日新月異，機器人與 AI 人工智慧的技術已逐漸取代「人類智慧」的傳統角色，想要擁有美好未來，「學有專精」固然重要，因應數位多元的文明發展，跨領域的時代已經來臨，而學校發展也勢必更加跨領域。透過現代詩與藝術相關領域創作的對話，看起來這一切似乎是一次具跨界意義的實驗之作。

可是，這一切嶄新的傳播與教育行動，在中國文化的源源長河裡，其實三千多年前的詩經便已達成！蘋果創辦人賈伯斯非常喜愛引用畫家畢卡索的這句名言：「好的藝術家懂複製，偉大的藝術家則擅偷取。」他的兩個創新關鍵字是「借用」與「連結」。賈伯斯革命性地改變多種產業風貌的成就，就是跨領域融合與進化的極致。如果，我們回到「聲音」，雖然我們已聽不到三千多年前的先民聲音，但是我們卻能夠運用和先民一樣的「聲音」媒介，表達我們對詩歌的感受。

故事開始於遠古時代，在尚未有文字記載的人類世界，聲音擔負著傳遞、傳情、溝通等作用，神話故事將先民向天地企求的聲音記錄下來，透過一代代的流傳，先民因著口述歷史記錄下文化歷史，也記錄了先民在大地間求生存討生活的方式。直到有了文字，這些傳唱裡的記錄得以分享更多世代眾生。可惜的是，因為缺乏現代的錄音設備，我們對於已隨時代消逝的先民歌謠、頌

詞等聲音，已無法原音重現，只能透過文字紀錄，以詩歌內容、文字音韻、字句排列、字數變化等研讀，體會最初先民吟詠詩歌的聲音傳唱方式、情感音韻起伏等表現內容。

我們可以理解先民的情感和我們不無二異，而人類與動物最大的差別之一其實就是藝術的能力，透過藝術的形式表達對於未知或時空轉移的緬懷，不一定具備實用性，但卻真真實實地表達了創作者的內在情感。

而文字、聲音、影像就是一種藝術，譬如透過對於聲音的細節辨識，每個人可以排序篩選出自己有感覺的聲音，而這些細節辨識的能力是可以透過後天經驗慢慢改變的。當聲音與創作者的文字語言結合，透過文字語言所要承載的情感，自然而然就需要與內在身心節奏互相契合。當內在感情是舒緩自在時，我們所書寫的文字語言節奏必然不會是急促而沉重的；同理可知，當我們閱讀岳飛〈滿江紅〉這闋詞時，內心的悸動悲慟隨文字音韻節奏互相對話，因為，岳飛正是使用入聲字押韻。

「入聲韻」又稱「促聲韻」，是指傳承自古代漢語之一類音節結構，其韻尾以濁塞音快速結束，再無聲除阻。入聲字是指音節有此類結構之字，此類字之聲調在隋朝韻書《切韻》至宋朝韻書《廣韻》都屬於入聲調類，其入聲聲調是短而急促。在該時代，入聲都穩定並完整存在於中原語言之中，擁有-p、-t、-k 三種輔音韻尾。所以，我們可以理解，入聲調和非入聲調的差別更多來自音質短促而非高低音調值。因著語言演變，現今許多方言如北京官話已無入聲韻，所以現在以北京官話念起岳飛的〈滿江紅〉，

就無法以音韻感受岳飛內在深深的悲切之情。由入聲字我們得以理解，內在的感受來自聲音的提醒與牽動。

如果不是口述傳說、詩歌韻文，我們不會理解先民日常生活裡的對話、生活環境等，例如古早流傳下來的《山海經》，記載著先民解釋天地的神話傳說，至今古圖早已亡佚不存，現今所能見到的最早山海經圖本，來自於明朝的胡文煥本、蔣應鎬本。當我們讀到《山海經・中次八經》：「又東百三十里曰光山，其上多碧，其下多木，神計蒙處之，其狀人身而龍首，恆遊於漳淵，出入必有飄風暴雨。」久久不能自己，後人憑文字傳說畫下一幅幅先民流傳的「山海經」，為自己、也為山林間飄風驟雨的現象作出了橫跨古今的解釋。爾後彷彿神諭，一篇篇《詩經》、《楚辭》等的詩歌作品自神話傳說、自山林、自胸臆流至口舌吟唱，傳自筆尖歌詠。

三千年悠悠長河倏忽來到窗前。這些詩歌召喚獸從時空的某處不約而同齊來，對二十一世紀的我們而言，依憑科學實證，精算大數據已為習性，對於三千多年前先民怪奇悠謬之說只覺遙遙如山嵐，更何來引得人一一關注，甚至繪圖註記呢？為何不研究天體運行的真相，發射一枚實體衛星成為解釋的憑據呢？何苦以聲音、影像、文字，來去神話與詩歌之間，於生民生計有何助益呢？

當然三千多年前沒有「收音機」，但是透過了文字、音韻、意象，將美好的詩樂情感傳播出去，也透過世世代代的炎黃子孫，將詩三百的詩歌內涵代代演繹與詮釋，逐漸累積形塑為中華文化

的詩樂傳統，如此詩樂的傳播力量，其實就是最深刻動人的傳媒實踐。

二十一世紀的今日，電腦、網路、手機已成為人類互相傳訊的主力，影像的大量使用成為現今人類文明的風景。快速的資訊流通，大量且重複的知識流通，人類的記憶彷彿更加快速的被覆蓋與被取代。

但是，我們不禁自問，什麼是教育場域裡值得老師們繼續傳承下去的文明主力呢？

這本書在企劃的初期，即以傳承性與前瞻性的思考進行，以中國文化詩歌傳統為核心，將「現代詩」與故事敘事、音樂、影像、廣告文案、遊戲性為跨領域藝術的教育實踐。為方便使用本書，每位書寫篇章的老師，皆以臺灣當代重要詩人羅任玲的〈昨日的窗簾〉一詩為教學實例，設計現代詩與其他藝術相關領域的實踐結果，以期提供相關教育工作者與藝術跨領域者作為實踐的參考。

期待這本書在「詩歌傳統、創新與應用」上，能提供更具前瞻性與實用性的跨領域教育實踐。

顧蕙倩　謹識

編著者簡介

顧蕙倩

詩人，文學博士，喜歡小巷弄。

曾任中央日報副刊編輯、國立臺灣師大附中、國立臺灣藝術大學、國立臺灣師範大學教師，現為國立臺北藝術大學兼任助理教授。

多首現代詩作與當代作曲家合作，譜詠詩樂作品，曾擔任臺北文學季寫作課程導師等。曾獲國家文藝基金會文學類創作補助、第 51 屆廣播金鐘獎「單元節目獎」等。

著有詩集《傾斜／人間喜劇》、《時差》、《好天氣，從不為誰停留》、《我的城蔓延　你的掌紋》，散文集《漸漸消失的航道》、《幸福限時批》、《遍路臺北》，漫畫劇本《追風少年》，論文集《蘇曼殊詩析論》、《臺灣現代詩的浪漫特質》、《台灣現代詩的跨域研究》，報導文學《詩領空：典藏白萩詩／生活》、《鹽田、新美、葫蘆巷：臺南作家追想曲》、《探險時代：臺灣山城海》等書。

洪淳修

紀錄片導演／臺灣藝術大學多媒系兼任講師。

紀錄片作品有《金門留念》、《刪海經》、《河口人》、《城市農民曆》等多部，曾獲金穗獎最佳紀錄片、臺北電影節最佳剪輯

獎、臺灣國際紀錄片影展新世代觀點獎、日本國際環境映畫祭綠色印象賞⋯等國內外獎項肯定。

　　作品皆以城市、國境邊陲為場景，呈現區域間的矛盾與衝突，近年來多從事紀錄片教學與推廣工作。

林育誼

　　國立交通大學音樂研究所碩士畢業，主修多媒體音樂創作。

　　現任「聲想音樂工作室」音樂總監、成德國中駐校藝術家、中國科技大學學士後數位音樂音效學程講師、銘傳大學數位媒體設計系講師、華梵大學美術與文創學系講師、南港社大講師。

　　2011 年中國廣播公司錄音技術班人才培訓營結業、Pro Tools 101 數位錄音國際證照、功學社山葉樂器電子琴專任示範演奏十年經歷、康軒出版社國中 108 課綱「藝術與人文」課本編輯委員，泰宇出版社高中「藝術生活－音樂應用」課本編輯委員，均悅出版社高中「多媒體音樂」課本編輯委員。

　　專長：數位音樂音效製作、流行音樂編曲、影像配樂、即時互動多媒體與音樂設計(Max/MSP/Jitter)、多媒體音樂展演節目之設計與執行。

重要作品：

2021 臺北市卓越藝術計畫流行兒童歌謠編曲、錄音製作共十首

2020 臺中捷運動畫宣傳片音樂音效製作

2019 中國大陸江蘇愛利弗教育科技幼兒繪本音樂製作約 90 餘首

2018 南港車站「聲立方」公共裝置藝術聲音設計

2017 佛光大學傳播系、臺北市北一女中等十間學校畢業歌曲製作

2016 微電影「同學」（NeverSceneFilms 團隊製作）配樂

2015 工研院「解密科技寶藏」科技藝術展覽互動聲音設計

2014 中國信託南港企業總部外牆 LED 燈光秀音樂設計

2014 桃園縣環保局「全國環保奧斯卡」專輯製作人

2013 中國大陸「崑山匯鑫商業中心」廣告配樂及互動音樂設計

2012 工研院年度計劃「光之綻」生理訊號與多媒體互動聲音設計

2011 臺北藝穗節「躁鬱症」多媒體舞蹈音樂劇場音樂設計

2011 牯嶺街小劇場「孵生」音樂設計

2010 公共電視「搖滾保姆」影片配樂

聯絡方式：Stanley.lin011@gmail.com

『聲想音樂工作室』FB 粉絲頁：

https://www.facebook.com/Stanley011Music/

陳謙

　　本名陳文成，文創策展計畫主持人、出版顧問兼多項文學獎評審。

　　佛光大學文學博士，南華大學出版事業管理碩士。

　　曾任經濟部工業局數位內容人才培訓專班「故事行銷」教師、龍華科大遊戲系「劇本創作」教師、傳播公司電視編劇、中

時集團文案編輯、網路書店行銷經理及光電企業品牌經理、出版集團經理兼總編輯，現任教於國立臺北教育大學語文與創作學系，兼任《北教大通識學報》、《當代詩學》學報主編，耕莘文教院、國立臺灣海洋大學出版顧問。

學術專長為故事行銷學、出版編輯學、臺灣當現代文學等。創作作品曾獲吳濁流文學獎，文建會台灣文學獎，臺北文學獎等十餘項。

出版有詩集《島與島飛翔：陳謙詩選》，小說集《燃燒的蝴蝶》、旅遊文學《戀戀角板山》及其他文學及論述作品等 14 部。

企劃主編有《書情詩選》、《現代詩讀本》、華成版「當代散文家」大系、華文網「童書舖」、博揚版「民眾經典」大系、《台灣一九五〇世代詩人詩選集》與《一九六〇世代詩人詩選集》等數百種。

嚴忠政

逢甲大學文學博士，曾獲 2002 年、2003 年「聯合報文學獎」，2004 年、2007 年「時報文學獎」，以及文建會「台灣文學獎」。

曾任嘉義大學駐校作家、逢甲大學助理教授，現任「第二天文創」執行長、《創世紀詩雜誌》主編，並於海外多個機構教授新詩寫作與文案寫作。著有《黑鍵拍岸》、《前往故事的途中》、《玫瑰的破綻》、《失敗者也愛——The Sea》、《年記 1966：交換日常》、《時間畢竟》。

林德俊

詩人，跨界策展人，文化教育工作者。暱稱兔牙小熊，學生眼中的「小熊老師」。

畢業於政治大學社會學研究所，曾長年服務於聯合報副刊擔任文學編輯。現任熊與貓咖啡書房主人，從事在地文藝復興，發起阿罩霧學節，推廣城南文化廊道。

著有《成人童詩》、《樂善好詩》、《玩詩練功房》、《愛上寫作的 11 種方法》等書，編有《愛的圓舞曲——聯副 60 個最動人的故事》等書。

獲五四文藝獎、林榮三文學獎、帝門藝評獎、社會光明面新聞報導獎、中華民國新詩學會詩運獎、國家文化藝術基金會「當代文化藝術發展與社會環境結合」論文獎助、臺北國際詩歌節日用物件詩徵件首獎（與 EZ Studio 合作）等。

策畫台北國際藝術村「行詩走露」行動展演、寶藏巖國際藝術村「詩引子」裝置展、飲冰室茶集「曖昧三行詩」徵稿、「光之詩」文學點燈展（與點燈文化基金會、聯合副刊合作）等多項文學跨界活動。近年著力於活潑化的地方鄉土教育及閱讀陪伴教育。

目錄

Chapter 1

現代詩的多音交響

林育誼　顧蕙倩／編著

一、聲音中的音樂詩意

（一）聲音概述

聲音無所不在，只要物體震動就會發出聲音，卻因接收者的共振範圍不一（蝙蝠、海豚發出的超高頻率人類無法接收），加上解讀的心理狀態不同（吃拉麵發出的聲音對日本人和臺灣人有不同的觀感），於是產生不同的情緒與結果．與其說研究製造聲音的各種方法與目的，更客觀的說，接受聲音者的觀察敏銳度與情感連結更決定了聲音所傳達的資訊和感受。

人類聽覺的特性是無法自由關閉的，每天我們生活周遭聽到了各式各樣的聲音，但只有大腦篩選過的聲音會留在心裡被感知甚至記憶下來。也因為如此，聲音和情緒的連結是無所不在的：在街頭偶然間聽到的修理紗窗擴音聲會在一瞬間將人拉回兒時的環境記憶中，甚至對當時的居家空間瀰漫的氣息都一併浮現出來；工地裡施工的大型機具聲響對都會人或許早已聽而不聞，但在大地震中倖存的受災戶心裡，突然湧現的不只是噪音造成的不適，更是對生命存亡未知的深深恐懼。

如果能將人類聽覺的敏銳度提升，我們或許能更清楚感知環境的變化，及內在情緒的起伏（如同蜘蛛人的預知危機能力），同時也能對創造力的提升有莫大的幫助！因此，認識聲音的多元面向是提升感知聲音的第一步。

★ 物理面向

　　聲音是一種振動，以規律的強弱振動造成空氣的疏密變化。每秒振動的次數稱為頻率，振動的強弱幅度稱為振幅，在不同的溫度與介質上也造成傳達的快慢不同（在攝氏零度的空氣中，聲音傳導速度為 331 m/s，在水中為 1473 m/s，在金屬鐵中為 5188 m/s）。傳導的介質相同時，頻率與波長成反比，也就是頻率越高的聲音波長越短。聲音的傳導遇到不同的介質時會產生反射、折射，因此而有回音(Echo)與殘響(Reverb)的產生。聲音傳導會與空氣或固體介質的摩擦而產生能量耗損，波長越短的聲音傳導較容易因能量耗損而阻隔。所以在住家大樓中，我們總容易聽到隔壁鄰居所放音樂的低音（波長較長一般牆壁阻隔不易）。人類對於相同振幅的不同頻率具有不同的響度感知，一般而言人類對於頻率 4KHz 的聲音感知最靈敏，反之越低頻率人耳感應會越不靈敏。也因此人類對於低頻感應較不具方向感（5.1 聲道的超低頻喇叭擺放位置較為自由）。

（二）聲音的形成到感知

　　在大自然中我們可以從聲音的形成到感知分為三大部分：

01. 發音源：是誰開始了這個振動？

　　自然界中每個聲響都有其發出聲音的目的，其聲音高低（頻率）、振動強弱（振幅）、聲音的組合（諧波波形）、持續的時間都

有其原因。譬如青蛙將一對聲帶隨著快速通過的空氣開合產生「嘎嘎」聲，達到求偶的目的。但為了增加母青蛙的青睞，公青蛙又利用聲囊的外皮來增加共鳴的強度。一群青蛙合唱團若成員較多就不容易吸引掠食者，也能吸引較多母青蛙的關注，因此青蛙總是一群一群的鳴叫。倘若只有一隻青蛙在鳴叫求偶，人們靠近時青蛙就會停止，因為他們知道有入侵者靠近，可能面臨生存威脅。又譬如每種鳥類都有不同的鳴叫頻率，一般而言森林中的鳥類為了穿越重重樹木的遮蔽，鳴叫的頻率會比較高；然而沼澤旁的鳥類則利用重複或抖動的鳴叫聲以利同伴定位。學習觀察大自然聲響中的頻率、振幅、聲音組合或特性、持續時間等等，能更了解生物的習性甚至背後的自然法則。

02. 空間：在不同空間中發音源的振動產生的殘響。（聆聽的空間或環境）

　　聲波在空間中傳遞時遇到障礙物一部分會被吸收，一部分則會產生反射、折射、繞射等現象，因此產生了殘響(Reverb)。發音源在空間中發出聲音後殘留在空間中的響應，當發音源靜止後衰減至 60dB 的時間稱之為殘響時間。標準音樂廳的殘響時間經過設計理想值為 1.8~2 秒。一般而言，殘響時間太少顯得聲音較為生硬刺耳，太長則產生轟轟的模糊感。適當的聲音殘響讓聆聽者更能感受到聲音的整體性（如管弦樂的每一個樂器演奏位置及高低頻率的分布較為平均），同時也較能專注在聲音的細節上（音

色、音高、音長等等的變化）。聲音在不同空間中將會被染色，造成完全不同特質的感受。例如：小提琴的獨奏在密閉小空間中將會讓聆聽者產生刺耳、強烈的感受，但在音樂廳裡卻會變得溫柔細緻、深情款款截然不同的感受。

03. 接受源：是誰接到了這個振動，產生了什麼感受？（人類如何排序聲音的關注力、不同成長背景的人如何解讀同一個聲音）

　　人類對於聲音頻率的接受範圍為 20~20000Hz，坦白說在自然界是非常窄的聆聽範圍（狗為 15~50000Hz，貓為 60~65000Hz，蝙蝠為 1000~120000Hz，海豚 150~150000Hz，大象為 1~20000Hz），不在聆聽範圍內的頻率人類就無法感受，因此動物們感受到的世界其實與人類並不盡相同，但兩者對於聲音的辨別卻發展出不盡相同的功能。

　　動物因為生物的本能而產生聲音的辨別：蝙蝠利用超音波感知地形地物與獵物；海豚利用極高音與回聲定位技術產生溝通；大象的耳朵最大，能聽到極低頻，因此能預測暴風雨及水源的位置而改變遷徙的方向。人類一開始利用聲音來避開危險（聽到獵食動物與敵人的聲音而避開），後來開始用聲音來進行溝通（語言），除此之外，人類開始將聲音與環境甚至情緒自然地連結（蟲鳴鳥叫代表大自然—放鬆自在的情緒；車水馬龍代表鬧區市集—人聲鼎沸的壅塞緊繃）。

　　但特別的是，每人因為各自的生長背景產生了對於聲音各自解讀的心理因素，這些心理因素會將聽到的所有聲音進行接收的排序。因為人類的耳朵是無法關閉的，如果大腦不將所接收到的聲音排序並過濾的話，接收到的所有訊息將使大腦工作過量甚至當機！大家都有過坐車聽音樂的經驗，因為車外的聲音具有相當的干擾性，於是會不自覺地將音樂聲音開大聲以便進行音樂的感受過程，此時的聲音排序是：車內音樂大於馬路噪音（因為想要聽音樂）。然而當車外交通發生緊急狀況，其他車的喇叭聲開始對我們催促，我們就會自然地將喇叭聲的排序往前移動，甚至跳過音樂聲音，此時的聲音排序變成：馬路噪音大於車內音樂（因為要處理交通狀況而必須聽見喇叭聲音）。

　　人類不只會自然而然地將聲音進行解讀需要的排序，還會將其他知覺（視覺、嗅覺、觸覺、味覺等等）也一起進行綜合排序，譬如：逛街時先聞到美食的香氣才看見食物的顏色；先聽到好聽的音樂才開始想看現場表演，先看到衣服的設計款式才想到用手接觸感受布料材質。當人類將兩種知覺的感受連結在一起時，就會產生聯覺(Synesthesia)，譬如：母親哺乳時每每聽到孩子的哭聲，久而久之當聽到孩子的哭聲母親就會開始分泌乳汁；每次品嚐美食時都聽到同一首音樂，慢慢地一聽到該首音樂就會開始分泌唾液。

★ 音樂面向

　　中國明朝音樂家朱載堉於萬曆十二年（西元 1584 年）運用算盤計算出將聲音的頻率平均分為十二等份，並可循環彈奏的音階，稱為「新法密率」。後來輾轉傳至西方，在 1722 年由德國作曲家巴赫(Bach，1685~1750)發表的《平均律鍵盤曲集》，使用每個音階做成二十四首鍵盤作品，被譽為「鋼琴的舊約聖經」。自此聲音在某個特殊頻率產生了固定的名字（音名與唱名），也使樂器的合奏變得可能—每個樂器只要遵守樂譜上的音高標示演奏就可以和諧的共鳴，因此音高是最重要的音樂元素之一。

　　事實上每一個樂器（或人聲）在發出一個音高時都會有其他的聲音組合涵蓋在其中，稱之為「泛音」。彈奏鋼琴時按下最低音的 Do，接下來較易聽出的泛音分別為：

1. 低音 Do（基頻）

2. 中音 Do

3. 中音 Sol

4. 高音 Do

5. 高音 Mi

6. 高音 Sol

7. 高音降 Si

8. 高高音 Do

9. 高高音 Re

10. 高高音 Mi

11. 高高音降 Sol

12. 高高音 Sol

13. 高高音降 La

14. 高高音降 Si

15. 高高音 Si

16. 高高高音 Do

　　這些泛音用不同的組合一起彈奏時就構成了和聲，和聲的理論建構於十八世紀，是一門專門研究縱向（音與音直接重疊產生的音響效果）與橫向（每一個和聲連接過程產生的音樂前進方式）的音樂技術，也奠定了古典音樂與後來的流行音樂重要的發展！

　　然而樂團的演奏者若沒有在固定的時間一起轉換音高，那麼仍舊是雜亂無章的。因此音的長度是第二個重要的音樂元素！搭配音的力度強弱設計（或稱為音強或音量）更讓音樂玲瓏有致。在固定的音長（或稱為時值）中間歇性搭配完全靜止的休止符就會產生一種律動，在律動中有固定的強弱設計就會產生節奏！節奏可以簡單定義為規律循環的強弱、節拍、速度。不同的節奏會產生不同的音樂風格（例如電子舞曲一拍一個重音，爵士搖擺樂

兩拍一個重音）。以下簡單整理聲音在音樂的面相上較常被探討的音樂元素：

音高、音長、音量、音色、旋律（前四種元素組合的連接線條）、織度（多條旋律的搭配對應）、配器（不同樂器的組合）、節奏、速度、和聲、音域（人聲或樂器的音高範圍）、音樂風格、音樂結構（曲式）等等。

在聆聽音樂時，能夠將注意力放在每個音樂元素如何被使用的情形將會幫助我們在對於聲音有更深刻的了解。譬如當我們聽到了一段優美的旋律，試著用嘴巴跟著哼唱，感受它的音高及音長變化，跟著音量起伏將會感受到音樂的情緒變化，若是有明快的長短改變，就可以將身體跟著輕微舞動，感受節奏的律動。將印象深刻的樂器試著說出來，可以感受到不同的樂器搭配（配器）有著不同的唱和效果，同時也因為速度快慢和節奏的重音不同，可以找到其獨特的音樂風格（譬如黑人靈魂樂速度偏慢，節奏著重在後半拍；搖滾樂速度較快，節奏重音也明確集中在第一、三拍）。慢慢地，累積了更多的聆聽經驗，就會發現音樂的段落有著固定的循環，通常在流行歌裡面著重在主歌(Verse)與副歌(Chorus)的轉換，讓音樂氣氛有著對比（同中求異）的美感，但整首歌卻因為不同段落的設計讓曲子有更完整的統一性（異中求同）。能夠將旋律的聆聽經驗慢慢走向音樂風格與曲式段落時，就會讓耳朵對於聲音的視野變得更廣闊，也會開始找到自己獨特的音樂鑑賞嗜好！

★ 聲音與情緒的連結

人類與動物最大的差別其實是藝術的能力！透過藝術的形式表達對於未知或時空轉移的緬懷，不一定具備實用性，但卻真真實實地表達了創作者的內在情感。

情緒理論大致把情緒分為快樂、憤怒、悲哀、恐懼四種基本形式。而聲音就是一種藝術！透過對於聲音的細節辨識，每個人可以排序篩選出自己有感覺的聲音，而這些細節辨識的能力是可以透過後天經驗慢慢改變的。最明顯的就是旋律的辨識！我們都曾有過一個經驗：長大後聽到兒時的歌曲（不一定是兒歌，可能是那時生活中常出現的音樂，譬如廣告歌、流行歌等等）會突然感受到兒時的記憶湧上心頭，包括那時的畫面、空間的氛圍、甚至記憶中的味道（家裡環境瀰漫的特殊氣味），這種種的感受統合起來形成了一種情緒——一種說不上來但卻實實在在存在記憶中的烙印。後來我們一旦再聽到同樣的旋律，那樣的情緒就自然而然地被呼喚出來，產生了聲音與情緒的連結。因此我們對於聲音和情緒的連結完全取自於每個人過去經驗的累積。若是一個人從小都不聽音樂，不在意周遭的聲音，那麼長大後他對於聲音與情緒的連結必定是薄弱的。（**林育誼**）

以下將運用流行音樂「主歌」與「副歌」的概念，將以羅任玲的〈昨日的窗簾〉為範例，改寫為歌詞。並加以比較。

昨日的窗簾

◎羅任玲

被寂靜拋出的
夏天清晨六點的海
奧義環抱著
最遠最藍的那一點
默默划去
有心或無蹼的一部分

那是我昨日的窗簾
映著地圖上的旅人
水波蕩漾時間
光影斜斜
穿過了冬天的迴廊

只有祂雕刻的聲音
還留在金色琴弦上
橫渡了誰的衣鏡
誰春日的廢墟

在羅任玲筆下的時間有時是具有流動性，她並不直接探討時間本質，而是自然呈現昨日今日明日以及春夏秋冬遞嬗的時間軸，讓流動時間具備了立體如空間般的樣貌，令人彷彿看到了時間的模樣。如〈昨日的窗簾〉一詩，「被寂靜拋出的／夏天清晨六點的海／奧義環抱著／最遠最藍的那一點／默默划去／有心或無躁的一部分」，詩人以海的模樣描寫時間的流動，也以清晨六點的當下捕捉海的空間位置，當時間與空間互為表裡時，那被寂靜拋出的自然奧義顯得豐富而熱烈。

「那是我昨日的窗簾／映著地圖上的旅人／水波蕩漾時間／光影斜斜／穿過了冬天的迴廊／只有衪雕刻的聲音／還留在金色琴弦上／橫渡了誰的衣鏡／誰春日的廢墟」，在自然的遠觀中，詩人寫時間也寫空間，但究竟是誰能夠真正如此同時寫著昨日今日明日，還能橫渡春秋，看盡春日與廢墟呢？羅任玲在詩中說只有神，那不屬於任何宗教的造物主，在自然的地圖上演奏著時間的琴弦。

羅任玲的第二本詩集《逆光飛行》亦絕大部分都在寫時間，「掉落地上的鐘擺／果子一般醒着，果子一般睡著的／不知名的頭顱」（羅任玲：《逆光飛行》，頁 21），探索著回憶、夢或死亡，有若音樂般的心情氣氛，卻不見得得說出什麼。如果生存是陰影，死亡便成了跨越陰影的彩虹，藉著對自然萬物的重新詮釋，時光得以書寫成宇宙運行的模樣，「依然未解的密語／用時光的筆

尖／危顫顫寫／下一個陌生人／獨自飛翔的故事」（羅任玲：《逆光飛行》，頁 135~136），不論是虛無或是豐饒的，羅任玲將時間的存在昇華為居高臨下的神，不再只是前行詩人念茲在茲的「今昔之比」或是「生死之感」。（**顧蕙倩**）

二、羅任玲詩的聲音想像／林育誼

寂靜是一片海　　海中的我存在
寬闊蔚藍的小孩　　等待著光的到來
遠方是一片海　　穿越了誰不再
水波蕩漾的姿態　　溜進了光的口袋

默默滑向　　地圖上的虛實交錯
嘎然而止　　昨日的晴空悄悄崩落

我心中的窗簾　　像昨日的思念
映照著光影斜斜　　看不清遠方的那一點
你眼中的倒影　　像今日的叮嚀
灑落著絮語繾綣　　道盡了古今的愛別離
祂手上的光線　　像明日的擁抱
輕彈著金色琴弦　　跨越了無數的生死緣

〈昨日的窗簾〉改寫為歌詞，說明如下：

羅任玲〈昨日的窗簾〉打破了時間與空間的慣性，創造「收攝」與「發散」的平行交錯，讓人們對於「有」與「無」的相生玩味無窮。

根據原作對於收攝在寂靜中的原始點，筆者開始發想創作歌詞，將「我的存在」與「寬闊的海」並置。然而遠方的穿越，沒有人能猜透，只能看著一幕幕水的姿態，悄悄地隨光線穿透其中。

橋段描述的前進狀態與停止狀態，一直是人們在過去與未來反覆循環的輪迴，空間的崩落顯現出無常的本質。

從副歌的「我」、「你」、「祂」對照於羅任玲〈昨日的窗簾〉的「我」、「旅人」、「祂」，並逐步由「昨日的思念」、「今日的叮嚀」、「明日的擁抱」試圖表達羅任玲〈昨日的窗簾〉的「昨日的窗簾」、「冬天的迴廊」、「春日的廢墟」時光遞移的流動感。

副歌「遠方的那一點」、「古今的愛別離」、「無數的生死緣」試圖表達羅任玲〈昨日的窗簾〉中「最遠最藍的那一點」、「地圖上的旅人」、「橫渡了誰的衣鏡」空間漂流的眼界。

改寫的歌詞也試圖將羅任玲〈昨日的窗簾〉對自然萬物的重新詮釋表現在「窗簾」、「倒影」、「光線」，轉化人們在時空推移中對萬物的窺見、投射、敞開的過程。（**林育誼**）

三、結論

　　對一個參與詩樂創作跨界的創作人而言，不管是「詩譜曲」或是「曲填詞」，一場場詩樂對話如同從陌生到熟悉的冒險旅程。沉迷在「詩譜曲」、「曲填詞」打破文字內在節奏框架的創作方式，對音樂人來說是充滿新鮮挑戰而樂此不疲的，這過程感覺像是詩人與音樂人在互相試探，互相尋找讀懂自己心靈的另一半，是一趟渴望被了解的自我追尋之旅。而如何將原有的現代詩作呈現的凝鍊意象加以保留，並思考如何配合音樂節奏、調性、合聲等，將原現代詩作的情思透過樂音加以鋪陳，彷彿在既有的自然山水意象之間點墨構築，將既有的案頭文字，透過美好意象詩意的節奏訊息，改以聽覺為重要訊息，以五線譜構築文字聲音的詩意，將情思透過意象斷與連的創作特質，以樂音傳達案頭文字的音節、句型、押韻等形式的外在節奏，及傳遞現代詩人以意象安排所呈現的內在節奏。

　　不只是音樂人希望藉著詩樂跨界的活動發掘嶄新的表現形式與內涵，詩人亦是希望能藉著音樂的渲染力與聽覺直覺性，讓更多人喜愛詩譜曲的現代曲風，與發現詩充滿歧義性與音樂性的有趣辯證關係，不要再讓詩成為不食人間煙火的象牙塔，而是記錄生活與歷史的真切軌跡。

　　每位閱讀者的閱讀興趣與需求畢竟各異，一如《詩經》三百篇、古樂府詩〈上邪〉或是〈再別康橋〉，即使我們喜愛一些作品

已數千年，亦無涉於我們繼續喜愛徐志摩、向陽、夏宇、陳謙或是其他優秀詩人的現代詩樂創作。

　　然身為詩人與音樂人，是否能真正聆聽現代詩作品的「內在音樂性」與「外在音樂性」，思考其在音樂節奏上的發展空間與歧義性之豐富呢？詩樂只要一直進行「跨界性」書寫，不管將現代詩與流行音樂合作，或是請詩人為流行音樂填詞，在在都顯現「詩的創意空間」的無限性與侷限性的辯證關係。（**顧蕙倩**）

本單元習作

1. 請找一首喜歡的流行音樂，將其「副歌」歌詞加以改寫。

2. 請運用流行音樂「主歌」與「副歌」的概念，選擇一首現代詩，改寫為具有主歌兩段、橋段一段、副歌三段的歌詞。並加以比較。

3. 請運用流行音樂「主歌」與「副歌」的概念，將羅任玲〈昨日的窗簾〉改寫為具有主歌兩段、橋段一段、副歌三段的歌詞。並加以比較。

Chapter 2 / 影像詩

洪淳修／編著

一、概論

　　一直以來，我習慣用影像來思考，透過鏡頭觀察現實世界中的人、事、物，用紀實攝影或紀錄片的形式，將我的想法傳達到觀者的眼中，從拍攝前的研究、觀察、思考，拍攝中的分鏡、構圖，最後到書桌前的剪輯，甚至是作品完成後的論述，從頭到尾都由自己來主導，他者往往只會出現在景框中。所以這回要以影像呈現他人的詩作時，一開始我蠻猶豫的，除了擔心自己不擅文字思考，也擔心我的位置會曖昧不明，最後會「影」不達意，但後來顧蕙倩老師說：「我很喜歡你的作品，你來寫沒問題」！基於顧老師對我的信任（當然還有作品被褒的爽快），我馬上就答應了。現在想起來，當時的猶豫還有個心理因素，就是缺少了突破的勇氣，當一個人習慣某種模式，而且還在這模式下得到些掌聲，若要突然改變是不容易的，尤其又在進入了不惑之年，凡事起頭難，因此我認為影像詩要開始的第一步，就是突破你原先的思考慣性，換一種方式來思考。

　　首先，我們挑選幾位詩人的作品，由我來影像化，對照我之前的創作過程，他者已不再是被我觀察的對象，他者是詩人，詩作本身主導了拍攝前的方向，我有點像是個譯者，但在文字影像化的過程中，又並非只有把「文字香蕉」拍成「視覺香蕉」，這轉譯太過呆板，對影像必須有自己的想像，如：把香蕉拍成太陽花（太陽花學運中，邱毅曾把太陽花誤認香蕉，引來學生嘲諷），如

此一來才能在轉譯的過程中，讓文字與影像對話，創造更多的想像空間。1988 年〈錄影詩學〉中羅青認為：詩以文字為表達元素；錄影帶則以圖像、音樂、文字綜合構想為主，以畫面膠卷為表現元素，分屬兩個不同的藝術範疇，但其背後的思考模式，卻可互通有無。當影像與詩能對話，就能夠激盪出更多的可能，詩人透過文字的想像，將蟲翅化為人的手勢，而我透過詩作的閱讀，再將人的手勢，轉化為捷運站務員張開雙臂的影像，經過兩層的轉譯，蟲翅成為了捷運站務員，就視覺意象上，兩者似乎看不出太大關連，但若回到詩人想透過蟲翅，比擬時間與生命的流逝時，捷運站務員指引的流動車影，亦能呼應詩人的本意。甚至我認為可以再更大膽些，把詩人的創作理念先擺在一邊，問問自己你讀了這首詩有什麼感覺？把自己的感覺給拍出來，比方說詩人透過影子，描寫一段愛情之中，躲在對方影子裡，那種倍受呵護的浪漫，但我不需拍影子，也不一定要呈現浪漫，我想呈現無奈，因為剛好孩子在身旁哭鬧，當愛情進入現實生活，浪漫就不在純粹，那我可以拍廚房裡的柴米油鹽，搭配小孩的哭聲，來呈現我對這首詩的感覺。

2011 年康尼夫斯(Tom Konyves)於〈影像詩的宣言〉中提到：影像詩是一種顯示於螢幕上之詩體，其特色為巧妙安排時間節奏，將文字、聲音與影像以詩意方式並置呈現。當上述三種成分妥適融合後，影像詩便可在讀者眼前營造出詩意經驗。由康尼

夫斯的話來看，文字、影像、聲音是構成影像詩的三大要素，但認為承載影像詩的最終媒介是影片，也就是電影，電影被稱為八大藝術，集合了繪畫、雕塑、建築、音樂、文學、舞蹈、戲劇，因此影像詩中的視覺構成，不僅影像二字如此簡單，片中的人與事，其關係有文學的基底，其神情、動作、節奏與戲劇、舞蹈、音樂相關，片中的攝影、服裝、道具、場景與繪畫、雕塑、建築密不可分，所以在製作上要具備多元的專業知能，更需要實踐的能力。

電影它融合了其他藝術的精髓，進而發展出一種新的藝術形式；詩孕涵著語言、文字的美，卻又突破語文的慣性，也發展出一種文字形式，因此電影與詩本質上是相似的，當影像與詩結合時，影像詩更是一種態度，它需要突破的勇氣、想像力、還有實踐力，但接下來的篇章，我無法讓你有勇氣與想像力，因為這兩樣教不來，但我會針對實踐的部分，就影像詩的類型、構成、實作解析，來了解與製作影像詩。

二、影像詩的種類

（一）純影像敘事

以純粹的影像、聲音來呈現原詩的意境，不加入詩的文字、朗誦聲，讓詩化為無形。如：黃庭輔的《短歌行》，以在涼亭下棋人們為場景，來隱喻曹操短歌行中的人生。片中涼亭裡下棋、觀

棋的人，時而吸菸沉思，時而飲酒放空，並夾雜著聊天、歡笑、歌唱、廣播、棋子撞擊等聲音，這場棋局猶如眾生相，呼應了曹操「對酒當歌，人生幾何？譬如朝露，去日苦多。慨當以慷，憂思難忘。何以解憂？唯有杜康。」

「明明如月，何時可輟？」黃庭輔則是將畫面翻轉，以水紋的虛實反射出一個類似月亮的形狀，將狂飲後欲水中撈月意境給呈現出來，之後下了場雨，麻雀相繼躲進涼亭裡，雨停又各自紛飛，片末涼亭人去樓空，猶如「月明星稀，烏鵲南飛。繞樹三匝，何枝可依？」以純影像來敘事，將詩意會而言傳，如此能讓觀者保有極大的想像空間，但觀者必須先對原詩有所了解，並且要有相當的影像閱讀能力，才能不依賴文字或朗讀來解讀。

（二）影像加入詩文

以原詩文字搭配影像與聲音，將文字與影音「並陳」，彼此呼應、對話，透過不同的文字編排與影像構成，產生不一樣的圖文效果。如朱賢哲的《弱囚》影像與文字間是相輔相成的，透過不同時間影像的並置，呼應詩中的前世，在將影像淡出，讓視覺多出留白空間，放上詩句。若將影像的敘事性或視覺感降低，加大文字的視覺比例或強度，則會讓文字成為主導，如洪淳修的《自由之路》，以殘影、脫焦、低彩度的白旗影像，來降低影像的強度，讓文字的比例加大、位置居中，此時的圖文關係即會產生改變。圖文關係除了強弱之外，有時文字也能成為影像的一部分，

如羅喬偉的《詩像空氣無所不在》，將書本翻開後把畫面一分為二，右頁貼上照片，左頁摺放上詩句，詩句非一般打字呈現，而是將詩句以撕紙剪報的方式，拼貼在書的左頁，將文字影像化，營造出影中有文、文中有影。將影像詩加入文字，有助於觀者在欣賞影片的同時，能夠有文字說明，加強對詩作意境的了解，也透過圖文微妙的交疊，產生出「互文」甚至是「競爭」的關係，影像創作者有時貼近詩人的原意，有時卻又想保有自己的詮釋權，在詩人與影像創作者彼此拉扯間，創造出更多的可能性。

（三）影像加入有聲文字

　　將原詩的文字，改以旁白的人聲朗誦，搭配上影像與聲音，此類作品通常不顯示文字，強調詩中聲韻的變化，如陳傳興的《化城再來人》，以周夢蝶的朗誦，配合江河的畫面，若各種朗誦技法應用得宜，透過獨頌、輪讀、交錯、對話，亦帶給觀者不同的感受。如洪淳修的《情歸大地》，由作家李喬以客語發音，朗誦〈臺灣，我的母親〉；又如《詩的發生／發聲的詩》，由林嘉欣、劉若英、林奕華、魏如萱、陳建騏、黃耀明，以不同腔調來輪讀瘂弦的《如歌的行板》。陳懷恩的《逍遙遊》，以男女輪讀、交錯對話，同時呈現多首余光中的作品。在一般的影像詩中，觀者在視覺上，需同時接收影像與文字的訊息，容易在閱讀的過程中顧此失彼，而改以有聲文字的朗讀方式，能夠讓視覺單純化。此外，有些影像詩在影片後製端，詩作朗讀會被會加上字幕，這樣反而失去了採以有聲文字的本意，讓視覺又受到文字的干擾，因

此只要朗讀者咬字夠清晰，聲音夠大，在後製端加上字幕的步驟就儘量避免。

（四）影音、文字、有聲文字的交互運用

由上述影像詩的三種類型可得知，影像詩的構成是由影像、聲音、文字、有聲文字來構成的，若將其融會貫通，全都用在同一首影像詩中，也未嘗不可。只要各要素應用得宜，什錦炒麵也能是人間美味，最怕的是什麼都要，有蝦有肉有麵又要湯，最後提味的蝦放得比麵還多，然後湯又放太少，火太旺把肉片炒成肉乾，最後煮出碗四不像。但只要各要素間層次調理分明，影音、文字、有聲文字共處一室也能琴瑟和鳴，如：《飲冰室茶集》，廣告本身的秒數就短，不利於文字閱讀，所以它將文字比例變小，成為串連影像的視覺要素，不依賴文字來交代詩作，改以有聲文字取代之，相對於文字閱讀，朗讀詩作的訊息傳達更快，符合廣告快、狠、準的屬性。所以純影像敘事、或是影像加入文字、有聲文字，其類型並無優劣之分，只有適不適合的問題。

三、影像詩中的視覺構成

（一）影像

就影像詩來說，影像的重要性自然不在話下，以下將分為兩個部分來談影像，一是畫面中的光線、造形、色彩、意象；二由畫面外攝影機的構圖、視點、鏡頭運動來談影像。首先就由光線

談起，兩千多年前中國的墨經就提到「光至影亡」，意指光到達的地方，影子便會消失。利用光和影，便是攝影的精髓所在。不同強弱、角度的光線，即呈現出不同的體感，也能呈現出不同的氣氛，例如陽光熱情；燭光浪漫，逆光神秘；平光親切…等，因此光線是營造影像氣氛最重要的因素。當被攝物有了光，物體的造形自然呈現，造形在視覺上也有強弱之分，如飄揚的紅旗造形強於鋪平的紅旗，而造形在視覺中，有著吸引目光的特性，視覺的閱讀順序，第一時間會被造型所吸引，接著才是色彩，像交通號誌的左右轉、落石、打滑，通常都會採取相當簡潔的造型，讓急駛中的駕駛人辨別，因此被攝物本身的造形極為重要。而畫面中的色彩，則是扮演著另一個重要的關鍵，在色彩心理學中，各個顏色有其不同的感覺，如紅色代表熱情，藍色象徵自由，而顏色間的相互關係，則構成了色相環，相近的顏色稱為調和，讓人感覺舒適安心；相對位置的顏色稱為對比色，讓人感覺強烈有活力，不同的色彩讓人有不同的聯想，像是徐志摩詩中，今天的天空很希臘一般，若能將光線、色彩、光線活用，在影像氣氛必能加分，畫面自然有主體產生，畫面一定要有主體，有了主體就會產生背景，觀者才能有閱讀順序，若光線、造形、色彩相互干擾的情況下，觀者就不知道要看誰？當下一個畫面又進來時，欲傳達的訊息自然就被錯過。

　　上述談到光線、造形、色彩，這些較外在、視覺性的東西，接著來談主體的內在，其隱含的意象，詩的特質有一部分是聯想，同樣在畫面中的主體，也會有這種見山不是山的想像，余光中詩作中：「我真的想在中國文字的風爐中，煉出一顆丹來。我嘗試把中國的文字壓縮，搗扁，拉長，磨利，把它拆開又拼攏，折來且疊去，為了試驗它的速度、密度和彈性。」在陳懷恩的《逍遙遊》裡，拍攝打鐵的畫面，來比喻余光中的煉丹；余光中詩作中：「在此地，在國際的雞尾酒裡，我仍是一顆拒絕融化的冰。」陳懷恩以焚香後的白色餘燼，來聯想冰的顏色，並且將影片倒轉，讓餘燼重塑回原形，猶如詩中冰的結晶，透明且硬，在此影像詩中，詩描寫冰；影拍攝火，冰火屬性本相異，但透過影像上的色彩連想、倒敘，反讓冰有了火的面相。

　　接著由畫面外的攝影機來談構圖、視點、鏡頭運動，構圖即為主體在畫面中的位置，偏左偏右或是居中，就一定有其不一樣的視覺感受，最常見到的就是三分法構圖，又稱九宮格構圖，將畫面分為三等分後，將主體放置在線的焦點上，以避免主體居中擺放過於呆板無變化，但也不能因此認為居中的構圖不好，因為主題的造型特別，居中擺放反能純粹的呈現主體的形態，讓觀者有穩定的視覺感，不至於有畫面傾斜感，構圖的方式有百百種，也相當的重要，但是千萬不要墨守成規，能夠以適合的擺放位置，呈現主體的特點，並呼應畫面中與其他主體關係的構圖，即

為好構圖。接著談視點，在寫作時有所謂的微觀與巨觀，微觀能一沙一世界，巨觀則登泰山小天下，這樣觀看方式，常用在詩的創作上，當然也能用在影像的拍攝上，以此來呼應詩作中的微觀與巨觀。

攝影機與照相機的不同，就是多了時間軸，在紀錄時間的流動過程，攝影機能有運動的空間，但以自己的經驗來說，並不建議太多鏡頭運動，因為在運動的過程中，會增加被攝物出鏡或入鏡的機會，不利於觀者的閱讀，簡言之就是太多東西進進出出，會讓人不知道看什麼好，再加上鏡頭運動時，容易造成畫面晃動、脫焦，若非攝影機操作熟練者，很容易看得頭昏眼花。但只要清楚鏡頭運動的目的為何，當然可以儘量使用，比如說臺北市的鳥瞰夜景實在太寬，將攝影機放上腳架，來個左到右的搖鏡就很恰當；想呈現惡夢中被鬼追殺的情境，手持攝影機來拍樓梯間的狂奔也不錯，相對於定鏡拍攝，運動的鏡頭能帶給觀者多變、流動、飄移、甚至恍惚的視覺感受，但用與不用之間，還是取決於原詩作的情境，以及自己操控攝影機的能力。

最後我想談一下影像的情境，情境是很抽象的東西，有點像一首曲讓人感覺憂鬱，但個別聲響並無法讓人感到憂鬱，這憂鬱絕對是整體的，而影像上的情境也正是如此，這部片感覺很青春，並非演員長的年輕就好，貼近拍的視角、不對稱的構圖、艷陽天的校園，稚氣中帶點狂妄的臉龐，這些要素組合在一起，青

春的情境才顯得立體，因此要將影片呈現出某種情境，絕對是全面性的，各環節缺一不可，既然如此，就很難有個情境構成 ABC 的方法，但在製作影像詩前，絕對要將詩作的情境給理出，是輕快的？抑或是令人窒息？如此一來，才能在視覺化的過程中，將畫面中主體的造型、色彩、光線有個明確的布局，同時也能將攝影機的位置、角度、運動針對主體，作適合的安排，以呼應原詩中的情境。

（二）敘事

相對於靜照攝影，影片多了時間軸，在時間的流動中，用連續多幅的影像將訊息傳達給觀者，也就是用影像來敘事，電影一開始發明的時候，還沒有剪輯這項技術，皆用一鏡到底的方式來敘事，如：月台→火車進站→乘客下車→旅客上車，在敘事上是有連續性的，直到剪輯發明之後，敘事的手法就變得多樣起來，這就不得不提蒙太奇了，蒙太奇(Montage)原為法文的建築學術語，意為構成、裝配，可解釋為有意涵的時空，人為地拼貼剪輯手法。最早被延伸到電影藝術中，後來逐漸在視覺藝術被廣為運用。

蒙太奇是電影創作的主要敘述和表現手段之一，相對於長鏡頭（Long Take，或稱為一鏡到底、不中斷鏡頭或長時間鏡頭），蒙太奇意指將不同時空所拍攝的畫面，編輯在一起，打破時空限

制來刻畫人物。憑借蒙太奇的作用，電影享有了時空上的極大自由，甚至可以構成與實際生活中的時空並不一致的電影時間和電影空間。蒙太奇可以產生演員動作和攝影機動作之外的「第三種動作」，從而影響影片的節奏和敘事方式。蒙太奇理論最初是由謝爾蓋‧愛森斯坦為首的俄國導演所提出，主張以一連串分割鏡頭的重組方式，來創造新的意義，例如艾森斯坦在《波坦金戰艦》裡，將一頭石獅子與群眾暴動重複交叉剪輯在一起，製造出無產階級起義的暗示性意義。這樣分割、重組、創造新意的過程，需要豐富的想像力，也與詩特質相近，因此在影像詩的創作構成中，扮演著極重要的角色。

（三）聲音

聲音的部分，由於本書會另有音樂的篇幅，因此這裡我會以影像為觀點來看待聲音，在影像詩中我分成兩種聲音，一是現場拍攝所收入的環境音，以及事後加入的畫外音兩種。以環境音來說，在拍攝同時所收入的聲響，為影音同步的，公車開過就有公車的聲音，這樣的處理方式會給人真實、身歷其境的感受；那畫外音則是影片進入剪接期，將不屬於影片時空的聲音加入，如：配樂、朗誦、口白…等，亦能將公車的聲音，更換為時鐘的聲響，使其影音不同步，讓公車影像與時鐘聲響產生化學作用，創造出時間流逝、甚至是青春與去的感覺，如此在影音上的時空錯置，若與影音同步的現場聲交互應用，則達到時間同步關係；時

間非同步關係；空間同步關係；空間非同步關係；心理同步關係；心理非同步關係，其精神符合再影像章節中所提到的「蒙太奇」，故稱為「聲音蒙太奇」。

（四）文字

在影像詩中，文字不像一般的影片，只有說明性的功能，以不干擾影像為原則，影像詩的文字是以詩為本，詩又為影像的靈魂，透過詩與影的相互輝映，才能讓觀者領略影像詩的意境，因此對於文字運用，就必須格外要求，魔鬼就在細節裡，好的文字編排能畫龍點睛，差的文字編排就會成為老鼠屎，壞了一整鍋粥。文字的使用會因為字體、字級、編排而產生不同的感覺，以下就簡單的談一下文字在這幾個環節上的變化，在字體與字級上，不同的字體會有不同的視覺感受，例如：明體清秀雅致、楷書傳統莊重、黑體現代沉穩…等，因此必須先針對詩作給人的感覺，來挑選適合的字體，甚至有些影像詩，會以詩人親筆書寫的方式，來當作文字的表現方式，如吳星瑩《一首小詩篇》，就以詩人路寒袖的詩作，搭配他以鋼筆書寫的字，在粗細靈活變化的字跡間，多一種了解詩人性格的方式。在字級部分，可以如朱賢哲的《弱囚》，影與字的比例適中，也能像吳星瑩《一首小詩篇》，刻意將字級放大，讓路寒袖靈秀的鋼筆字成為主角，與影像中的臺中街頭去對話。至於文字在編排上的應用，應先了解畫面主體與畫面留白的關係，如陳懷恩的《逍遙遊》，主體是位在畫面右方

的人臉，畫面左方則是單純的藍色水影，無太多的形色變化，因此該畫面的左方即為留白空間，詩作的文字就應放在左方的留白空間上，以避免干擾主體，若有畫面留白來放置文字的觀念，在影像拍攝的時候，就會有另一層的思考，若該畫面將來在後製時，有可能會放上文字的話，那在畫面構圖的時候，主體就不應該拍太大、占畫面太滿，以防在後製階段，原詩的文字無處放，或是壓在主體上，造成文字與影像互相干擾，賓主不分的情況發生。

（五）視覺特效

隨著剪接軟體的進化，影像的可能性也隨之變大，從簡單的明暗色調調整，到不同時空的影像並置、交疊，甚至是無中生有的 3D 動畫，這些突破人類視覺慣性的技巧，讓影像與詩的對話更多元，如陳懷恩的《逍遙遊》，為了表現余光中《狂詩人》「寫我的名字在水上」之意境，拍攝了人與水的波紋，而為了要增加畫面的意境，因此畫面調整為陰鬱的深藍色，讓「狂」多了深思沉穩的想像，不至於因為字面上的「狂」，給人太過輕浮狂妄。另外剪接軟體的視覺特效，也能將不同時空的影像並置同一畫面，作出超現實的視覺效果，如吳米森《我在偷看你在不在偷看我在偷看你》，詩作中「我把自己的臉龐雕刻在月球正面」，影片分別拍攝了人臉，也拍攝了時鐘，兩個畫面在拍攝時，其背景都採單純的藍色或綠色，在將兩個畫面匯入電腦，以剪接軟體的「去藍

幕」效果，使人臉及時鐘的背景簍空，最後將人臉與時鐘放置在同一個畫面中，創造出「人臉時鐘」。而多個畫面也能並置在同一畫面中，如朱賢哲的《弱囚》，將兩個畫面同時放在一起，讓影像的邊框來分割畫面，產生現代建築的空間感，進而呼應詩作中，都市中人與人的疏離。溫知儀《朝向一首詩的完成》，將舞者與戰爭畫面並置在一起，並使其兩者交疊，戰機在肢體間時而竄出時而隱蹤，正好呼應詩人楊牧《十二星象練習曲》中，性愛與戰爭的並置場景、讓他們互為指涉，藉此寫出性愛的暴烈和戰爭的殘酷。因此透過視覺特效的處理，能加強影像詩的視覺性，拓展詩的想像空間，但太多的特效有時會喧賓奪主，甚至淪為炫技，所以在使用的時候應格外注意。

四、影像詩的實作流程

最後，我選擇了羅任玲的〈昨日的窗簾〉與〈風之片斷〉，這兩首詩來創作影像詩，（影片 1／影片 2）用實例製作的方式，從構思、拍攝、剪輯、後製這四個層面，並對此設計了 3 周的課程，分別有 3 個練習作業，期望讀者能理論與實務並行。

 本單元習作

★ 構思

〈昨日的窗簾〉作者羅任玲筆下的時間，有時是具有流動性，她並不直接探討時間本質，而是自然呈現昨日今日明日，以及春夏秋冬遞嬗的時間軸，讓流動時間具備了立體如空間般的樣貌，由空間去折射出時間的樣子。「被寂靜拋出的／夏天清晨六點的海／奧義環抱著／最遠最藍的那一點／默默划去／有心或無蹼的一部分」，讀完這一段，我腦海中就浮現許多海的畫面，於是我決定要以海來當作影像詩的主視覺，海的晨昏陰晴、潮起潮落，能呼應羅任玲由空間來看時間的表現，海除了這些自然元素的更替，還有海邊常見到的人、狗、魚，為了生存甩竿灑網，為了生存到處游竄，物種彼此間生命的起滅，亦能窺見起伏的時間，而隱於海平面下的網，細數潮起落的節奏，猶如飄盪風中的窗簾，下一刻即是昨日。

〈風之片斷〉詩人向陽曾如此評論：「羅任玲的詩善於以小喻大，從生活中擷取題材，卻不為現實所圍，而能突出重圍，展現冷凝的詩思，開拓寬廣格局。在微觀之中，即使吉光片羽，也有浩瀚無窮的力量。」透過微觀來看世界，猶如攝影分鏡的近景與特寫，於是在攝影的處理上，我打算要以較貼近主體方式來拍

攝。本詩的後記可知，當時詩人拾起的只不過是在石階上發現的一雙小巧的昆蟲翅翼，但是詩人卻說：「我拾起你／像拾起／整個宇宙的風聲」那樣巨大轉折的比喻，讓一只微不足道的翅膀頓時有了一整個宇宙的象徵，這是微觀的視角，而蟲翅的意象，多為正 V 或倒 V 字型，V 字造型與城市街道的建築透視線類似，若蟲翅是種微觀，那城市相對是種巨觀，「空蕩的兩片小舟／托住／空蕩蕩的一整座森林」一只小蟲的生死，能拖住空蕩蕩的一整座森林，城市的組構不也像森林一般，越趨茂密日益擴張，因此在構思的時候，我想把城市比喻成森林，以蟲與城市來當作該影像詩的主視覺，若以蟲相對森林，那城市是否也能相對人？人與蟲是否有類似的視覺樣態？甚至是人與蟲都承載一個更大的生命共同體？與城市或是森林的生息互通，在我對蟲翅有一連串想像的同時，剛好也在整理過去所拍的影像，發現一個捷運站務員張開雙臂的姿勢與蟲展翅相似，正好也呼應了詩中「兩片小舟」，指揮員眼前正是行進中的列車，這具有城市意象的畫面，剛好襯托出人與城市，微觀與巨觀的對應關係，「空蕩的兩片小舟／托住／空蕩蕩的一整座森林」，在以森林比喻為城市的前提下，空蕩蕩的一整座城市會是什麼樣？原本想拍城市的無人街景，剛好前陣子看到一部樓蘭國的紀錄片，整座古城被埋在沙漠裡，剛好給我個靈感，城市空蕩到極致是荒蕪，有種塵歸塵、土歸土的意象，所以影像詩末，我以桃園觀音一帶的沙丘來當素材，並以一個穿迷彩

服的軍人衝出沙丘，隱蹤不成反顯突兀，如詩中「僅僅留下一雙／黛綠的手勢」存留在灰色的石階上，才能讓詩人發現蹤跡，由這不起眼的蟲翅，窺見一整個世界。

作業 1 ✏

選詩>列出影像意象

★ 拍攝

在〈昨日的窗簾〉與〈風之片斷〉的拍攝上，我大半採用紀錄片式拍攝，在腦海中有概略構思，前往拍攝現場觀察後，儘量以現場發生的人、事、物為主，不作演員調度安排的方式來拍攝，例如在構思階段，本想拍攝〈風之片斷〉裡的蟲翅，但發現蟲翅太小又透明，不算好拍的素材，有天晚上，窗外停了很多隻蛾，於是我用閃光燈拍他們，有些蛾不為所動停在原處給拍，有些蛾受強光驚嚇飛竄，所以我拍到了不少蛾的樣態，在視覺感上這比原先設想的蟲翅更好；例如〈昨日的窗簾〉，我想以海來作主視覺，但海還有什麼？我去海邊走了一趟，發現釣客、還發現死魚，突然間海多了生命的想像，這是待在書桌前想不到的。紀錄片式的拍攝，好處讓影像有更多的可能性，但會花比較多的時間在拍攝上，由於拍攝的素材也多，效率會比較低。但若是以劇情片的方式，先作分鏡表，並且標註人物出入、運鏡方式、時間長度、對白、聲音、特效等，可加速拍攝的效率，但必須在影像構

思階段時，充分發揮想像力，否則拍攝出的影像，可能在屬性與變化上會略顯單一。此外在〈昨日的窗簾〉與〈風之片斷〉的拍攝上，前者採用動態影像，後者多以靜照的方式來呈現，各有不同的視覺感受，初學者或許一開始可嘗試用拍照的方式來創作影像詩，一來可好好的思考影像的構圖，不受被攝者出入鏡以及鏡頭運動的干擾，二來在剪接上，較不易苦惱因畫面間的動靜關係，所帶來視覺不順暢。

■ 小提醒

　　隨著影像器材的普及，畫質可說是越來越好，價格也越來越低，種類也越來越多，攝影機、相機，甚至是手機皆可錄影，有些手機甚至有 4K 的畫質，大部分的手機也都能拍攝 Full HD 的畫面（4K 影像尺寸：3840×2160／一般 Full HD 影像尺寸：1920×1080），因此器材的好壞已不是決定影像的關鍵，有敏銳的觀察力才是重點。在拍攝前我建議先做分鏡表，哪怕是只有簡單的構思，也要畫下來有個方向，別想到哪拍到哪，不僅拍的人累，被拍的人也累。拍攝時，建議初學者儘量上腳架拍攝，以靜止畫面來構圖，不要隨意搖鏡造成畫面晃動，除非想做出有特定視覺感，才以手持來進行拍攝。另外，在拍攝中與拍攝後要做場記，拍攝中的場記，能提高剪輯的效率，清楚同一個畫面若重覆拍了 5 次，第 3 次拍得最好，不用剪輯時，花時間把拍過的 5 次再看一次，直接取第 3 次就好。拍攝後的場記，則是整理本日的拍攝

素材，在影片敘事上看有哪些不足的，以利之後的補拍，並調整未來的拍攝方向。

作業 2 ✐

繪製分鏡表>進行拍攝

★ 剪輯

在剪輯的這部分，我將影像與聲音這兩個元素一起談，在〈昨日的窗簾〉中，一開始是雙手補著漁網，向上搖鏡至漁工的臉，聲音部分是車聲的環境音，下個畫面則是卡接（畫面間無效果的接合）釣客甩竿的特寫與全身，聲音一樣是海的環境音，釣客甩竿以「倒轉」的方式讓他甩出又拉回，營造一種時間回溯，來應對詩中的時間流動，下個畫面原本低頭補網的漁工，抬頭發現了鏡頭，畫面突然靜止，時間彷彿也緊急煞車，除了靜止畫面，這裡我還用了兩個剪接效果，想要來呈現空氣突然凝結，漁工不知要怎麼辦的尷尬，一是畫面由原本的彩色轉黑白，二是將原本的環境音拿掉，配上具有的缽聲，形成「聲音蒙太奇」，漁工塞上耳機工作，就是想透過音樂來脫離現實，在聲部換上具有宗教色彩的缽聲更能加強其超脫感，接下來就算神遊也無人聞問，當缽聲連續敲擊，敲下的那一霎那，也是剪接點，切換至狗行走在海灘的畫面，但這裡未用卡接來切換畫面，而是用了白淡化的轉場效果（畫面接合的視覺效果，有助於畫面之間的順暢度），使其畫面如夢境的閃白切

換，原本向右行走的狗，這裡也用了倒轉上牠向後退，配合之後畫面上方淡入的海，倒退的狗、前進的海浪，形成兩種不同的時間樣態，錯置於同一空間。狗行走的畫面，是偏中間調的灰色，下一個漁人收網的畫面，是偏亮色調的，兩著畫面階調有差異，因此選擇了融接的轉場效果，以避免直接卡接所造成的不協調，再敲上最後一聲缽成為剪接點，卡接死魚的畫面，此時畫面由黑白變回彩色，海的環境音也慢慢淡入，一切回歸正常，呈現死亡之於海洋，只是生命輪迴的一個分號。

在〈風之片斷〉的部分，一開始為城市建築的畫面，蛾閃爍然後由小變大，之後淡出，文字由天際線升起，蛾與文字的視覺變化，與音樂節奏作配合，我稱這是影音對點，而這也是在剪輯時常用的方式，在聲部我用了一連串的雷電聲，天空也跟著閃白，這是為了呼應詩中「不知名的流金暴雨／在短暫平靜的清晨」。

接著畫面以黑淡化轉場，蛾由畫面左下淡入，飛至右上，讓靜照透過軌跡的移動，形體由小漸大，作出立體的空間感，這裡我有個想談的重點，就是畫面間的視覺關連，剪輯除了要注意畫面間的敘事連續性，視覺連續性也很重要，例如蛾由左下飛至右上，飛行軌跡成四十五度角，這個四十五度就成了我思考畫面的依據，捷運站務員的雙臂角度、轉場的方向、沙丘的坡度，都是接近四十五度斜角，因此在畫面間就產生視覺連續性，顏色的關

連、造形的關聯、方向的關連這些都是剪輯常會應用到的方法，所以在剪輯階段可以多留意視覺連續性。最後捷運站務員以模糊的轉場效果切換到沙丘的畫面，這裡先上文字由沙丘間升起，接著會讓一張小紙片飛入，讓軍人入鏡，這張不起眼的紙片，讓畫面多了一個層次，文字、紙片、軍人，若是文字的速度慢一秒升起，與紙片於同時進入畫面，由於文字體積較大會干擾到紙片，因此這畫面觀者就只會看到文字、軍人這兩個層次。

■ 小提醒

在剪輯軟體的部分，坊間常見的威力導演與繪聲繪影，甚至是 Windows 本身內建的 Movie Maker 都很好用，介面皆為中文且步驟清楚，就能按部就班從影片匯入、剪輯、後製、一直到匯出影片，上述影像詩的剪接皆能勝任，價格相對專業剪輯軟體也不算高，約兩千多元就有，甚至有提供試用版，因此初學者建議由此入門即可，但影片剪輯需要較高規格的硬體，所需規格可見軟體說明書，建議先評估後硬體條件在購買軟體。剪輯軟體安裝完成後，將拍攝素材匯入電腦以軟體剪接時，勿更動影片的位置，或隨意變換影片檔名，否則軟體會連結找不到檔案，造成不必要的困擾。剪輯完成匯出影片前，應先考慮未來的播放媒介，才選擇匯出影片的格式，如只供電腦播放可選擇檔案較大、畫質較佳的 AVI／MPEG4／H.264 等，若需要在網路流通，影片長度大於10 分鐘，建議採檔案與畫質較低的 WMV 來匯出，以提高影片上傳的效率。

★　後製

　　本段所談的後製，是影像詩敘事結構剪輯完成後的工作，多為視覺上的效果。〈昨日的窗簾〉敘事結構是現在>過去>現在，於是在色調處理採用彩色>黑白>彩色，為了要加強這樣的對比，漁工補網與甩竿的彩色畫面，我加強了影像的飽和度與對比度，以致影像呈現暖色調，最後一個畫面，為了要呈現死亡，我將死魚以冷色調表現。黑白的畫面則是調暗與加強對比度，讓影像看起來較沉重，狗行走於海灘的畫面，我以兩個重複的影像疊影，中間加上一個黑畫面，也就是有三個畫面疊在一起，上中下分別為狗、黑畫面、狗，然後將上方的影像裁切以透出中間的黑畫面，文字就由其中飛出，這裡的文字處理，是想影為主、字為輔，所以字體級數較小，採明體呈現之，為呼應第一句「寂靜拋出的」，文字以快速的飛入效果呈現，具拋出的視覺感，其後三句「夏天清晨六點的海／奧義環抱著／最遠最藍的那一點」則以淡入的方式出現，當四句詩都出現時，在集體淡出。接著讓中間的黑畫面淡出，以透出最下方狗行走於海灘的完整畫面，使空間的更替更具變化，接著漁人收網的畫面，原拍攝畫面是沒有那艘貨輪，但為了要加強空間更替所帶來的時間流動，我同樣以狗行走於海灘的裁切疊圖方式，將另外拍攝的貨輪畫面與漁人收網交疊透出，以呈現同一空間中，一快一慢的時間差，在讓「默默划去」的文字，由畫面右方划入，以三種不同運行速度，來呈現時間的流動。

在〈風之片斷〉的後製部分，一開始的城市街景畫面，由於原畫面的天空是淡灰色的，不容易將蛾的形體給襯托出，所以我將畫面調成負片效果使黑白顛倒，不僅天空變為深色，也讓城市彷彿陷入一片黑暗中，文字即自黑暗的天際線下飛出，由於城市街景只是襯底，字體應用就採取仿宋體、大字級，讓字為主、影為輔，字體顏色以綠色呼應黛綠的手勢與空中的蛾，此處聲部有雷電聲，因此在影片中插入了幾小段的白畫面，使其有雷電閃白的效果，雷電之後畫面收黑，飛蛾由左下飛至畫面右上，此時畫面左方即產生留白空間，為適合放字的空間，左方的字與右方的蛾各據一方，能使畫面產生均衡感，之後捷運站務員的畫面，其字體的編排也有異曲同工之妙。最後來到沙漠的畫面，由於想做出更豐富的空間感，我同樣以〈昨日的窗簾〉中，狗行走於海灘的裁切疊圖方式來處理，讓字由沙丘之間飛出。

■ 小提醒

上述大部分的後製效果，如：調色、閃白、畫面裁切、文字出入等，威力導演、繪聲繪影、Movie Maker 這些軟體多能做到，但如〈昨日的窗簾〉狗行走於海灘的裁切疊圖效果，則需要較高階的 Adobe Premiere、EDIUS、或是 Mac / final cut pro 才能完成，在業界甚至還有專門做後製的軟體(Adobe After Effect)，這類的軟體由於費用較高，且多為英文介面，並需要更高階的硬體配備，因此不建議初學者使用，但已會使用威力導演、繪聲繪

影、Movie Maker，這類初接剪輯轉體的讀者們，不妨可嘗試看看較高階的剪輯軟體。

作業 3

針對拍攝素材剪輯，並配上聲音與文字。

Chapter 3

意象與衝突的匯流：詩與劇本

陳謙／編著

一、意象與衝突，詩與戲劇的操作型定義

操作型定義？簡單來說你可以把它視為每一次當你置換手機時的操作手冊，很多新的功能需要你習慣來不斷更新，才有辦法跟上這個十倍數時代。只是這項功能由製造者也就是身為作者的你提供給讀者。也許你可以是古典派的，崇尚機械式的簡單介面，當然你也許有一堆新鮮玩意要跟讀者分享，但不管哪一類型，忠實地陳述一定是開機前必須要提供的服務。

（一）形象思維是新詩的觀察起點

所以當詩以其「意象」含攝眼前紛至踏而來的訊息，將其能量醞釀成詩，找到「詩可能發生的地方」。詩人林婉瑜曾說：「當意象出現，我希望它能引致新的感受或新的意義，也期待詩帶有情感的力道或思考的力度，可以推動、變化閱讀者的內心」，所以說意象確實是詩人期待改變及影響閱聽人的唯一武器。而意象以張錯最為簡明的定義是：

> 凡是文字在閱讀中引起圖畫般的形象思維，都叫意象。一首詩的構成，可能藉文字組成不同的意象單元。在閱讀中，意象經常互補、重疊、牽引、暗示作者要表達的主題。

　　形象思維是新詩學極為需要把握的視覺「當下」，在當下那個環境現場之中，藉由情節編排情境，置入意象與場景，讓詩的表現透過意象的湧現，語言的視覺化，表現化，其實是詩人面對創作時的心境描述。孫梓評和林婉瑜對談時曾說：「寫劇本時總是練習這個過程：揣摩情境—置身其中—書寫—完成—離開。寫詩也習慣如此：想像一個情境，想像自己置身其中，用詩的語言去說話、表演。」這說明了創作者要善用學院劇作訓練的優勢，而能夠入乎其內而後出乎其外，用詩體現詩人的生命歷程，並透過視覺語言令讀者身歷其境感同身受。

　　梅洛龐蒂(Maurice Merleau-Ponty,1908~1961)的著作《眼與心》(1961)裡提及：「讓視覺變成一種思想。」可見在謀篇構思之前，詩人似乎有意識的架構一個虛構的真實世界，在其世界中完整地呈現詩作的觀察與想像。學者嚴忠政觀察認為詩要：「多奇想，常突破語言的框架，但又不離生活的現實，使其在閱讀上，不但能有語言亮麗之感，也貼近了讀者。——讓語意和感情有了根本的聯結。」視覺語言的戲劇表現成為詩人眼裡創作的基本型態，在不摒棄讀者的前提下，運用深入淺出平易的文字陳述，藉由文字內裡的人物情節與事件的衝突，成為詩與戲劇牢不可分的操作概念。

　　詩的形象思維如前所述是下筆前該有的觀念。而戲劇呢？

（二）危機的衝擊，賦予人物追尋過程的焦點

　　鄧寧在其編著的《編劇方法論》中裡談及：「一個長於編故事者或說故事者，必然也是一位十分了解人類的好奇心者，所以他的故事才能引起人們的興趣。」並且認為「戲劇的主題，即戲劇中所含有的主要題旨。更明白地說，所謂『戲劇的主題』，就是作者透過戲劇的故事、情節，以及對話等，所表達的中心思想……『一切藝術都是表達思想和感情的。』則不僅切合藝術家創造藝術作品之目的，而且足以說明了藝術作品的效用。」

　　故事、情節，對話以及中心思想此四者為創造戲劇文本的前提，而起因自然是：好奇心？接下來就是文本的寫作實踐，亦即戲劇的結構。所謂戲劇的結構，就是將整個劇中的情節很技巧的組織起來。如果說情節是故事的安排，那麼結構便是全劇情節的安排……劇情結構分成若干細節，包括：

　　「一、情節須包含衝突：戲劇情節必須包含兩種力量之間的若干衝突……也可能是內在的……在許多最佳的劇本中，通常都包含著內在的與外在的兩種衝突。

　　二、刺激力與開場的敘述：在戲劇中當動作開始之時，一定要具有刺激的力量，以引起觀眾的興趣。

　　三、衝突的高潮：所謂衝突的高潮，也就是劇情衝突的轉捩點……

　　四、劇場的收場：衝突的最後結果，稱之為收場(Catastrophe)……

　　五、上升動作與下降動作：以全劇而言，由刺激力到高潮這一部分，稱之為上升動作；由高潮到收場這一部分，稱之為下降動作……有的劇本結束於高潮之際；有些劇本在短暫的上升動作和一次高潮之後還有反高潮(anti-climax)。」

　　而姚一葦老師以為：戲劇的結構核心部分一切情節、人物、語言所模擬的對象且它「必須是完整的，從一件事的發展的系列上或過程中來把握的，所以必須有開始，有中間和結束。」這些都仰賴導演與演員的素養天分與訓練「把握戲劇的動作，他才能模擬人物的性格，表現出他或她的心理狀態和轉化過程；才能予他所扮演的人物深度化，否則永遠是皮相的，外貌的相似而已！」

　　究竟衝突何以是戲劇的核心？黃英雄說：「劇中人物必須適當地賦予危機的衝擊，這不只是緊張衝突的表現，更提升了劇中人物的位階與個性。」而姚一葦說：衝突形式的提出「戲劇所表現的，是人的意志與那限制並輕視我們的神祕力量或自然勢力的衝突；那就是我們在舞臺上所從事的，在那裡與命運衝突、與社會法律衝突、與同胞中的一人衝突、與自己衝突，需要的話，與利益、偏見、愚昧及周遭的人的惡意衝突。」何謂衝突？簡言之就是兩者或多方面的對立與鬥爭的過程。

　　而衝突自然依賴故事，好的故事要先有故事大綱。同學們疫情期間在家追劇如果是陌生的電影卻有著吸引你的片名，當卡司你感覺一般，想去了解主題內容，會去察看那一百五十字內的「劇情說明」故事大綱，而「劇情說明」就是故事大綱，故事大綱「其實就是在一篇文字敘述中能提出故事的脈絡、走向、主旨與精神的，就叫做故事大綱。」黃英雄老師回憶他的一九八〇年代曾說：「以前進電影院之前，入口處總會有一張『本事』，短短幾百字敘述了這部電影的梗概，這種『本事』，這種『本事』就是一篇精巧的故事大綱。現在則在進入舞臺劇院的入口處，往往會贈送觀眾一本附帶劇照的『劇情簡介』。」

　　故事大綱的成功與否，其字數多寡不是考量的因素，創意才是最為關鍵的部分。黃英雄提出「吸引觀眾的力量來自於創作者原始的靈光乍現，但這種靈感必須是獨特而超越的，也就是說原本是一件平淡或大家熟知的事，在作者匠心獨具的慧眼下，將之轉化成另一種視野，而最重要的是必須引起其他人的共鳴。」

　　故事、情節，對話以及中心思想此四者為創造戲劇文本的前提，了解後我們製造衝突以利人物在其過程中經歷與我們很不相同的人生，這就是戲劇的超越現實之巨大吸引力，然而很重要的就是寫好故事大綱，故事大綱怎麼寫？在創新與復古間如何取材，我們接著看下去。

二、語文的重塑與改寫

　　語文的重塑與創作一直是寫作循環中相當重要的一環，如同商品的流行每到一段時間，就必須「復古」一下，在舊事物中找尋新的創新元素，自然是重要的，而語言的翻譯，其實不僅限於本國語言，學者方群就認為：「就算是統一的語文，也會隨著時空的改變而產生或大或小的歧異。因此翻譯的工作並非只侷限於不同系統的語文，由於歷史演進所造成的古今隔閡，在世界各地也都造成相同的困擾。」這種復古多半不是與會的復古而是精神上取材的復古，古典對閱聽人有其約定俗成的共同認識，在這項基礎之上，我們可以不用費心去解釋西遊記中孫悟空、唐三藏、豬八戒等人的人物個性，因為其個性原型已深植人心，也不必解釋白雪公主與七矮人或金斧頭銀斧頭的故事要義，但這些人類的「故事公共財」其實都大方地等著創作者盡情取用，並衍生出更新穎的文本。

　　林于弘教授就曾提及：所謂的改寫，必須是某種程度地保留既有架構，然後進行增刪改易的寫作活動。改寫的內容主要可以包含下列的四個方向：

（一）　同異文體的轉換（如：古典詩→新詩是「同體轉換」；古典詩改寫為散文、小說或戲劇則是「異體轉換」）。

（二）　敘述手法的選擇（如：第一人稱→第三人稱；順敘→倒敘）。

（三） 情節內容的延伸、節縮或重整、替換（如：水滸傳→金瓶梅）。

（四） 內涵思想的更動（如：讓武陵人永留在桃花源）。

　　「對舊作改寫以求臻於善境，或是重新寄寓理想者，加以深化或轉向的寫作，也是所在多有。」以上確是創作時可依循之法則，所以如何在即有的古典材料中找到素材呢？以《莊子‧盜跖》：「尾生與女子期於梁下，女子不來，水至不去，抱梁柱而死。」為例，已有洛夫〈愛的辯證〉一詩，芥川龍之介〈尾生之信〉之短篇小說重新詮釋，李白《長干行》詩：常存抱柱信，豈上望夫台。亦由此轉化而來——臺師大國文系老師徐國能以「抱柱之信」為底本寫出〈河流〉，該詩為組詩，該節陳述如下：

　　*抱柱之信—尾生與女子期於梁下，水至不去，抱柱而死

　　我就站在這裡等你（那時水在我的足踝）

　　我們的盟約堅硬如石

　　我有很多的信仰譬如

　　那些細心呵護的承諾也算是吧

我就站在這裡等你（那時水在我的膝下）

岸邊開始聚集人潮　不需瞭望

第一個伸出手來的人當然是你

腳下的卵石開始游移

而我仍堅定如你當初承諾的眼光

不曾背叛

我就站在這裡等你（那時水在我的胸前）

黃昏了，如果你現在能來……

些微的遲到更添唯美　也許晚餐

還趕得上，也許

新聞報導……

我就站在這裡等你（那時水在我的腰際）

黑夜漫天蓋下　激流冷而巨大

點點燈火，喧嘩的岸上

我想起了家

我就站在這裡等你（那時水在我的胸口）

所有人都已經知道事件的結局了

但我仍相信那不是真的　　所有人

都不是真的

我就站在這裡等你（那時水在我的下巴）

沒有憤怒，只是疲倦了

就讓我的軀體　　信仰

飄向歷史或傳說的下游

並以謙卑請求你仁慈的寬宥

我沒有站在這裡等你

（而你終於還是來了，那時水早已在我的故事中流盡）

　　文體的「異體轉換」，將事件現象作了重新的呈現，作為現代人的尾生，最後移動步伐等到了遲到的女子，但現場已不在橋下，應是橋上安全無虞的地方。古人信守的美談如今看來多麼的不近人情。現代的詮釋本該有新的視野與觀點顯現才是。

三、「異體轉換」劇本的操作原則

　　劇本是四大文類中最無法獨立來看的文類，因為它必須依附「演出」其生命才足以綻放光輝。在詩轉換成劇本之前，我們有必要先對劇本作一簡要認識再成就其轉換。

（一）從「發問」開頭：你是個有故事的人

解決問題是生活處理上最重要的學習，而問題的提出，是為發問，也是故事的開端。

安奈特就認為：「故事是創造信心的途徑。訴說一個有意義的故事就等於激勵你的聽眾——同事、上司、部屬、家人，或一群陌生人——得到你已經獲得的結論，同時讓他們自己決定是否相信你的話，並照著你的話做。」霍華德認為故事是因為：「人愛聽故事，也是天生的說故事能手。」故事基因潛藏在每個人的記憶深處，我們的語文教育也多藉由故事來學習人情信美等課題，故事具體化了我們生活學習的典範，也因此——「故事可以吸引人的目光，人們隨著故事的發展，或哭或笑，隨著故事中主角的經歷，引起共鳴。」這裡提到的共鳴，說的是人類共同的感通經驗，這種經驗來自於生活中的普遍性，所以「故事」是一種可真實可虛構的間接陳述，運用情節、情境人物結構而成，說故事的人要以同情心及同理心，設身處地的塑造人物的形象立場，並鋪陳場景，安排衝突。也因此，我們經常把編劇比喻為紙上導演，原因是腳本工作者規劃的藍圖，往往影響關係著整齣戲劇的成敗。然而劇作的產生，經常來自於問題？而問題有其層次，一個劇作家最關心的，當然是自身的問題，再來是人際上互動所引申與他者的問題，最後才是主題式的命題，當然某些影片有其置入型任務自然又另當安排，以一簡表整理出「劇作家該關心什麼？」筆者認為，自然不離以下範疇：

範疇界定	關係性	類型
個人與需求	自我對話與追尋	內心戲：敘述呈現多來自我思考
個人與他者	個人與他人的衝突或合作	衝突對比的營造
個人他者與主題	個人，他人與環境	為「主題」服務，文以載道

　　個人從事劇本創作多年，又身負學校教職，透過實務的實踐歸納出以下的劇本創作之流程圖，我們可以把敘事流程作以下之線性說明：

---

　*問題發想→典型人物塑造→場景設計象徵取材→事件發展與

　　衝突的運用（情節）→故事呈現〈呈現問題〉

　　Neill D. Hicks 在故事學常說到的：誰是主要角色？誰是對手？他們為什麼要對抗？衝突的結果將帶來什麼改變？為何主角必須採取行動來達成目的？這些都因應「問題」而來，可見「問題」正是人生的疑惑欲困頓的所在。

　　我們經常在觀賞影片後，感到最舒坦的剎那，也既是所謂：感動的瞬間，藝術的驚訝。（簡政珍老師稱之為：瞬間的狂喜）一個腳本的行銷取向與目的意即在此。在進行腳本或者文案的創作的時候，必須要注意到三項原則：開頭必須具備的「吸引力」、牽動劇情的故事張力所造成閱聽人的「預期心理」上張力的營造、

從而使觀眾需求能得到「滿意」。「吸引力」、「預期心理」、「滿意」對於故事實在太要緊了，像陽光、空氣、水一樣地不可或缺。

創作腳本的時候，我們通常要去注意一些故事學常說到的：誰是主要角色？誰是對手？他們為什麼要對抗？衝突的結果將帶來什麼改變？為何主角必須採取行動來達成目的？我們喜歡看電影，正是因為電影就像我們一段緊縮的人生，當我們在觀看電影的時候，我們的生命苦悶能夠得到些許地釋放，文學作品也是。而當我們在閱讀所有的文學作品的時候，事實上都有類似的作用。

楊茂秀曾說：「說故事，是我整理經驗、獲得意義、徵求溝通的一種方式。」整理經驗，亦可以分為主觀經驗與客觀經驗，前者是自己的經驗，後者則是別人的經驗。主觀經驗別人學不來也帶不走，它跟隨你年齡成長而成長，它在你記憶裡在身體內被知覺著，唯有靠你的自覺去啟動它，它才成為所謂「靈感」。客觀經驗則可界交與他人交談，資料文字閱讀，環境觀察等等透過歸納、分析、整理而成為文字。所以楊茂秀老師的經驗說，可從這二端來言說。

（二）故事的衝突

一言以蔽之：衝突就是戲劇。衝突即是對比與張力，對比一如：強壯與疲弱的對照；富有與窮苦的對照；美麗與醜陋的對照

等等，請注意對照代表在劇情中兩者同時出現，際此有了對比，有了戲劇上的張力，我們才稱之為衝突。沒有衝突就稱不上戲劇，因此說衝突是戲劇的核心亦不為過。

＊如果以流程來簡易陳述「衝突形成的原因」，那大概是：

人物或情境的同時並置（對照）→戲劇張力形成→衝突成立

衝突的經營我在自撰的《故事行銷》專書中曾舉 1998 年出品的電影《電子情書》(You've Got Mail)為例，到今天為止，還是一則非常典範具有代表性的「衝突故事原型」。

劇中男女主角各自經營的書店模式，正是當下時代趨勢下，現代書店經營的兩種典型。這就是選題上的創意之處，藉由外在衝突引發內在衝突，這兩家書店一家是特色化的專業獨立書店，如女主角所經營的童書店，強調的是專門書種的專業介紹與販賣，以及書店、店員與顧客間「溫情式」的服務關係。另一種則是男主角所經營的大型連鎖書店，以現代化複合式的服務策略和實質的折扣回饋為其競爭優勢。

根據電影本事介紹：女主角起初也認為她繼承母志所經營的書店，是幫助很多人藉由閱讀優良童書，逐漸形成他們健康人格的小書店，這家已陪伴社區民眾成長達三十多年歷史的童書店，是在不敵男主角家族企業旗下連鎖書店的量販折扣攻勢下，才終告關閉的。然而，在她拉下書店鐵門後，鼓起勇氣，第一次踏進

死對頭的店裡，視線所及，沿著書店格局動線展開的是一個寬敞明亮的賣場、舒適的咖啡座椅上有顧客悠閒地在對談、品啜著書與咖啡，而順著光亮扶手拾階而上的樓面，陳設著的是分門別類的豐富藏書，至於她最熟悉的童書區其實也在裝潢布置上頗見用心……。當畫面中，女主角最後在童書區的矮凳坐下來時，心中不捨、無奈的心情依舊難掩，但對於導致書店關店的背後因素，想必是已有了更深一層的體認。

這是對於當代書店兩種經營模式上最好的教材，同時也預視書店業目前非大即小的生存情境，更重要的，是上述的文字片段採取情節的演出，使人印象深刻，杜絕概念化與過度抽象的說明，採取案例的影像陳述，而這就是故事，用故事來呈現書店經營的景況最合適不過，也不易流於說明。

（三）故事結構

寒來暑往，秋收冬藏。人類一切幾乎順應自然，寫作因仿效自然，所以時序上自然以正常時序為依歸，乃以「順序」為主，偶有倒序或插序，但皆為陪襯。劇本是四大文類中最需與他人協調文類，又劇本呈現上，亦需顧及播出的時間來決定文字上結構安排。三十秒的廣告影片就和三分鐘或十五分鐘的網路廣告影片（或稱微電影）安排上有所差異，但在結構呈現之前，故事大綱常不能免，因其能明確呈現劇本之「本事」。

　　1980 年代開始自學編劇工作時很愛讀書，大部分也因為被書中故事所吸引。如同前文所提，楊茂秀曾說：「說故事，是我整理經驗、獲得意義、徵求溝通的一種方式。」

　　整理經驗，可以分為主觀經驗與客觀經驗，前者是自己的經驗，後者則是別人的經驗。之前我在進行電視劇劇本創作的時候，整理的是報紙的經驗，怎麼寫呢？利用剪報。假如以鄧如雯殺父案為藍本，便自案發至破案，約莫兩個月的時間，將這兩個月內的報紙相關報導進行剪輯，當時並沒有太多的電腦與網路，因此必須到圖書館進行這項工作，結束之後再將劇情加以拼湊，然後便可以寫出劇情大綱與分場大綱，藉由它們為故事定調，如此一來，這劇本就基本完成了。通常我創作一個劇本的時間只有兩天的時間，但前置準備作業的時間往往花費很多。而剛剛所提到的資料，也就是一種客觀資料。在從事寫作的時候，不論是創作什麼樣的作品，事實上都可以說是對於資料的一種整理。

　　本故事大概包含角色人物設定—時代環境介紹—故事情節陳述，最重要的是，主人翁遭逢何種命運？如何抵抗等等的情境概述。一個好的故事大綱常是決定閱聽人要否觀看的關鍵。

故事大綱　　　〈瀘沽湖〉劇本

1922 年約瑟夫・洛克到達中國西南部，隨即展開他二十七年在中國奇山聖水的探訪之旅。這位揭開東方秘境香格里拉的探險家，在 1928 四十四歲那年到達瀘沽湖，在千餘種動植物標本採集之外，也為瀘沽湖留下五百多幅的景觀與人物攝影。從十六歲那年開始走婚的夏瑪，十八歲在祭典上被諾克這一位遠道而來的外國探險家所吸引。遇見了夏瑪，洛克有了全新的視野與天空，當然，還有己身情感的糾結與離去、留下的纏繞。（陳謙／撰文）

以上範例約為 200 字，故事大綱文字長度要看閱聽人有多少時間可供閱讀，五年級生的我青少年時期進戲院看戲，門口都還會有人發放當天的電影「本事」，相當於 13 乘上 19 公分大小單色印刷的電影介紹，字數長度亦不過 300 字，卻大體說明介紹了人物劇情與衝突點。

在敘事上首重節奏上的流暢性，傳統的起承轉合，或正反合皆適用於劇本之安排。教學說明上，結構上我用 3.2.1 的方式，簡單羅列常見的敘事類型。

一： 單獨呈現一組單一事件。又稱焦點結構，通常事件單純，節奏明快而焦點統一。

二： 用對照的方式，用兩組不同意象呈現事件衝突。又稱對比結構。

三： 用三組不同與不相干的故事，同時呈現一種意涵。又稱三一結構。

　　以上簡易之劇本寫作結構方式，提供初學者有一仿效之工具規格，但入門後，還請「得魚忘筌」才是正道。

（四）認識劇本寫作簡易格式

　　阿呆：你進來時門怎麼沒關好？

　　阿花：有啊，你沒聽到鏗噹一響嗎？

　　⊙以上為單純對話格式。

……………………………………

　　阿呆：你進來時門怎麼沒關好？（翻白眼）

　　阿花：有啊！（右手擦汗），你沒聽到鏗噹一響嗎？

　　⊙以上為對話中置入動作表情。

……………………………………

△： 隨著下班人潮，他魚貫似的進入捷運車箱，跟往日翻找手機
　　耳機般地翻找青色的帆布包，但這次，翻出的是一把預藏的
　　西瓜刀……，

　　　　以上為動作的描述。視覺型態的形象流動，屬於鏡頭語
　　言的呈現，不假文字說明。但一樣動作的描述，亦可用 OS
　　（又稱畫外音）來加以呈現，例如：

主持人（OS）：隨著下班人潮，他魚貫似的進入捷運
車箱，跟往日翻找手機耳機般地翻找青色的帆布包，
但這次，翻出的是一把預藏的西瓜刀……，

但如果是▲：呢？一般通用於「回憶」的片刻。

　　這些符號的原則是「約定俗成」沒有絕對的標準，請注意。
但最重要的是把情境、動作、對話等三者進行良好的串聯。

　　劇本寫作重要的是所有參與的工作人員皆需看懂且明白，不
可留下過多想像空間，這是與其他文類小說、散文、新詩最大不
同之處。劇本要完整的呈現出來，劇本四大元素「場、景、時、
人」初學者盡可能全部標註，如：

場：1

景：馬路旁紅磚道上

時：上午 10 點

人：小王（男，20 歲，T 大學生）、男騎士（45 歲，
無業中）、路人（30 歲，白領上班族）

△：小王走在紅磚人行道上，同向的機車不知為何騎
上紅磚道撞上小王右小腿。

小王：唉啊——（跪坐在地，隨後起身，一跛一跛的
走了二步路）

男騎士：啊，你有沒有受傷

路人：先生你喝酒喔，身上有酒味。

男騎士：（臉紅且辯解）沒有沒有，剛吃了一鍋薑母
鴨而已，沒喝酒、沒喝酒……

　　以上為「場、景、時、人」皆標示之處理原則，劇本要讓人
懂場景人物情節一定要明朗，杜絕曖昧不明。入門後「場、景」
則是必須的考慮，「時、人」有時可做附註，有時則可省略。以下
以紀錄片腳本樣式示範：

S：1　　　　　景：彰濱工業區（環景空攝）

△：上字幕（綠底白字）：土地與人的思考

主持人（OS）：全球化的潮流不斷的逆襲而來，世界村已不是遙不可及的夢想，隨著全球化的腳步大步邁進，人類在充分運用資源令生活更形便利之餘，其實是犧牲了環境原來的自然面貌，環境的變遷，全球暖化問題日益影響著我們，令你我再也無法置身事外，大自然的反撲不是天災，是人禍，是人類的貪婪所致。

人類曾大剌剌的說出：沒有破壞就沒有建設。在二十一世紀的今天聽來尤其刺耳，對土地的反省與思索成為當下刻不容緩的急迫議題。

S：2　　　　　景：系主任辦公室

△：字幕：「中原景觀」綠色方形標誌

喻肇青：中原大學景觀學系誕生於 2004 年 2 月，水瓶座的景觀寶寶生性敏銳善感且多情，富含創意的他又具備大地寬厚的本質。本系以「環境營造」、「共生生態」及「文化地景」三大核心領域為主要方向，並以「設計規劃」為統合主軸。

△：播出歷年活動幻燈片‧‧‧‧‧‧‧‧‧‧

（五）以羅任玲詩作〈昨日的窗簾〉為例：

被寂靜拋出的
夏天清晨六點的海
奧義環抱著
最遠最藍的那一點
默默划去
有心或無蹼的一部分

那是我昨日的窗簾
映著地圖上的旅人
水波蕩漾時間
光影斜斜
穿過了冬天的迴廊

只有祂雕刻的聲音
還留在金色琴弦上
橫渡了誰的衣鏡
誰春日的廢墟

　　這首詩不好解釋，但感受性每讀一次卻益加強烈。可感但說明困難的詩作很有距離的美感，但在文學教育推廣上，卻要考驗授課者及讀者有無慧心卓見。因此在改編成劇本前，劇作工作者有必要還原詩的意象，從部分重建整體，但又要做到不失原作的敘述訴求。所以，試以 200 字故事大綱，先追詩中「祂」的影蹤。

故事大綱〈祂的窗簾〉

喧嘩的海，從那一年夏天，穿越冬天，來到春日喧鬧的海岸。故事的她終究變成祂，是天使還是暫戀人間的幽魂無人知曉，只知道祂總依附在窗簾上，當風輕輕對話，他就會依附在窗簾上，似乎，對誰傳遞著訊息？

S：1　　　景：海邊高樓，面海的房間小窗

時：暗夜

△：風把白色的窗簾輕輕揚起，遠處是海潮聲，她隨手將妝鏡前的圓板凳拉到窗檯下，吃力地站立上去。

S：2　　景：海邊高樓，面海的房間小窗

時：黃昏

男：（憂慮貌）你確定不加鐵窗？管委會說可以。

她：加鐵窗我不就成了籠中鳥？這樣想你的時候我怎麼飛出去找你？

男：（汗………）

S：3　　景：海邊高樓，面海的房間小窗

時：清晨

男（OS）：就這樣簡訊捎來飛鴿的情書，這是搬來淡水小鎮第二年的夏天，為了一窗海景我必須每天通勤二小時到臺北市，夜間在風塵僕僕的帶二個她最愛的黑店排骨便當，她雖廚藝精湛，我卻不忍請她洗手做羹湯。自從憂鬱風暴來臨之後。

S：4　　景：海邊高樓，面海的房間小窗

時：晚間

男：我回來了（自背後環抱起她），今天站在這裡多久了？

她：你知道嗎？海平面上那艘船下午開始就靜止不動了，成為窗裡美麗的裝飾風，要不要我也站到那兒去？這樣你才容易看到我？

男（苦笑）說什麼傻話？

她：整個下午我好想聽聽它的氣笛聲，就是沒有？

S：5　　　景：海邊高樓，客廳　　　時：晚間

螢幕：七日後

△：男攤坐在客廳向著他的房間張望，尤其想像如果架上鐵窗，她就不會恣意飛翔了，幾度懊悔地閉上雙眼，雙手搥打自己的頭顱。

S：6　　　景：豪宅客廳　　　時（回憶）：中午

父親：敢踏出家門就不要再回來，我沒你這種兒子（母親在旁呆立）

男：（拉起她的手）我們走，我們去一個只有妳我共同生活的地方

S：7　　　　　景：海邊高樓，面海的房間小窗

時：晚間

男進房間靜靜地拉上窗簾閉上氣密窗，對窗外景色正眼都沒瞧上一眼，走到門口發現窗簾細紗逕自搖動，輕輕嘆了一聲

男：妳還在這裡嗎？

　　「是天使還是暫戀人間的幽魂」？窗簾款擺的氛圍營造出意象環境，畢竟詩人羅任玲以窗簾作為「意象」，從事跨域改編時自然要顧慮詩人主體的考慮，因此自此意象為起始點，加入劇作家的想像來「歧出新意」，當然又是另一種生命的況味，重新的創作。文本此時的相互參照，確有奇趣。

本單元習作

1. 請以《莊子・盜跖》:「尾生與女子期於梁下，女子不來，水至不去，抱梁柱而死。」為例，改寫 150 字以內之故事大綱，敘明人物、情節等要旨。

2. 請以馮至現代詩〈蛇〉作為文本，處理成一齣五分鐘約 500 字內的微型三（獨）幕劇。

我的寂寞是一條長蛇，
冰冷地沒有言語——
姑娘，你萬一夢到牠時
千萬啊，莫要悚懼！

牠是我忠誠的侶伴，
心裏害著熱烈的鄉思；
牠在想那茂密的草原，———
你頭上的，濃鬱的烏絲。

牠月光一般輕輕地，

從你那兒潛潛走過；

為我把你的夢境衝下來，

像一隻緋紅的花朵！

3. 請以三一結構方式，試以「搶救臺灣本土老品牌：香雞城」為例，完成故事企劃腳本，包含故事大綱，分場大綱，劇本等三項。

參考書目 *References*

安奈西蒙斯(2008)，陳智文譯，《說故事的力量：激勵、影響與說服的最佳工具》，臺北，臉譜。

Neill D. Hicks(2008)，廖澺蒼譯，《影視編劇基礎》，臺北：五南。

林于弘(2008)，《光與影的對話—語文教學新論》，臺北：麗研齋。

徐國能(2000)，〈河流〉，《笠》詩刊，219 期 10 月號。

羅任玲(2012)，〈昨日的窗簾〉，《一整座海洋的靜寂》，臺北：爾雅，頁 39。

鄧寧(1992)，《編劇方法論》，臺北：國立編譯館。

姚一葦(2004)，《戲劇原理》，臺北：書林。

黃英雄(2003)，《編劇高手》，臺北：書林。

陳謙(2015)，《故事行銷：劇本企劃與寫作實務》，臺北：小雅文創。

馮至(2022)，〈蛇〉，《昨日之歌》，中國：天津人民出版社。

Chapter 4

詩與文案

——從現代詩到廣告文案的「詩歌經濟」

嚴忠政／編著

一、導論

　　當一個國家的經濟環境逐漸朝向開放及多元發展，而消費者也日益重視生活品質與新的生活體驗，傳統的經濟模式也就會隨著消費體驗與價值觀而有所改變。

　　例如，美學經濟的竄然升起，獨特的空間設計，往往會將某些建築特色、人文思想、主題理念，融入文創旅店、書店、餐廳，以某種高於一般「視覺」和「氣氛」的無形體驗，吸引相應的消費族群，願意花更多的錢在這個空間。而網路有即時互動、快速流通、聲光刺激等等經濟效益（網路經濟）；化妝品專櫃、新車展售會更需要高顏值、高感官效益的女性展售人員，其價值觀一面受到我輩質疑，卻也同時創造出一種以美女為介質的「美女經濟」——「美女」成為資源，成為進行財富創造的經濟形式。從消費體驗來看，這些傳統產業所沒有的促銷形式和附加價值（可能是美學的，可能是感官的，可能是地位的），是可以使產業利潤更加豐厚的。那麼，現代詩的「美學功能」（審美體驗）是否也存在著「詩歌經濟」？答案是肯定的。

　　對「詩歌」來說，看似「無為」的怡情小物，其實也是有所「大用」的器物。如果，我們將它放在「廣告文案」這個產業來看，詩歌也可以是一種可以促進生產、流通和消費活動的一種介質，在經濟活動中取得應用上的價值。而且這類廣告必然不是藉由灑狗血的聳動文字來放大情緒反應，而是借重詩歌的文字質地，以相對應的「情境語」來創造消費體驗。

　　本課程的設計以「文學的應用」為優先。因此，在一個重新組構的命題下，「廣告文案」一詞可分別拆解成「廣告」與「文案」二個課題來看；其中，「廣告」這個領域雖然是廣告系的專業，其應修習的學分諸如「廣告經營管理」、「消費行為」、「整合行銷」、「影像傳播」、「品牌經營」、「市場分析與廣告企劃」、「中外廣告史」等等。但是「文案」的書寫卻可以是中文的應用、文學的生產。

　　雖然「文案」也是一門需要創意思維、策略統合，以及一些美學素養的專業，這些專業看似與文學無關，實則都在「文學」的融攝之中，文學相關科系只要稍加「跨界」，不難有一鳴驚人的演出。因為文學同樣講求新的發想、新的視角，尤其現代詩中的意象要新、感覺要獨到，更需要有「創意思維」。而「策略統合」在文學中，一如文章的主題立意、題材選擇，乃至文字的遣用、結構的安排，若能將這些訓練用在文案的寫作上，形成書寫策略，自然有助於整體的「策略統合」。最後是在「美學素養」方面，由於文學除了文字訊息的傳達之外，更有其審美的功能，此種審美的經驗與詩文中所具備的「形象思維」，同樣都有助於文案人員去察覺、擔負商品的「美化」，以及商品形象的「包裝」。

　　特別是現代詩，它除了有語言藝術的審美功能之外，事實上，在講求實用效能的時代環境，詩看似「無為」，卻又默默交通著這世界的每一筆交易。站在廣告文案這個崗位，詩以「重新定

義世界」的方式取譬、設義，給了「商品」有了「美」的秩序。這是一種新的感官秩序，它隨著藝術環境的成熟，人們對質感的要求提高之後，商品價值也隨著文字美感漸漸浮現。其中，「誠品文化」與文案文學的關係便是一個顯例，除非是「詩歌化」的程度已經影響到「訊息接受端」（消費者）的解碼能力，恐有造成閱讀障礙之虞，不然，若能保有詩歌的美感（語感、文字、意境或抽象之美），等於是給了商品更好的「質感」。不可否認的，有些商品的質感（包含手感、氛圍）可能和詩歌一樣，是被「想像出來的」！但放諸整個文化閱讀來看，詩性是會在各個角落被彰顯，甚至還可能衍生出新的文創產業。

日本管理大師大前研一預測，「創意」將成為新世代中最重要的工具。這將打破過去以「資本」來創造規模的形態，也就是說，一個企業若要以資本來創造規模，不如擁有創新思考的能力，尋找特有的價值及差異化，取得競爭中的優勢。而「廣告文案」的寫作正是一種優勢工具，非但從事文案人員要有這項能力，即使是自己經營一家小店，或只是個人於拍賣網站上的銷售行為，都可以運用廣告文案來快速而有效的取得與消費者「對話」的契機，將產品形塑成消費者認同與好感的成功品牌。

實務上，它除了是一種商業手法，被我們拿來「想像」一塊建築用地上，動工都還沒動工，「門都沒有」的建築預售案，文案人員便能將它寫成「一座御璽也無法交換的城堡」。甚至我們還能

將廣告文案的概念在日常生活中作更廣泛的應用，將想要突顯的物件、個人、社團及活動都當成是一種商品來行銷，例如：為社團的招生簡章下一個好標題，或者是為一封情書找到一句亮眼的比喻。

二、廣告文案的特質

所謂「廣告文案」是一種以商品為出發點的銷售訊息，其訊息的傳播必須能誘發消費，並建立品牌資產，使廣告主得到利益。

一則好的文案，往往能在瞬間引發消費者的驚呼，產生強烈認同，使消費者平時未必察覺的意念，經過文案的提示，產生一種「是啊，就是這樣！」的念頭，而其共同理解的對象就是商品。文學同樣也是要使讀者在某個意念的瞬間產生驚呼，或者對生命有所提示，因此文案和文學的差別就只在出發點。文學可以只為「自己」服務，將書寫當成一種自我抒發，但文案必須為「商品」服務，不管我們具有能寫出多少個形容詞的「才力」，但並不等同於從事文案人員(Copywriter)的「實力」，所以本章節有需要先談廣告文案的定義與特質。尤其，廣告文案並非靠「一個人」的匠心就能獨運的工作，它的位階還必須放到「行銷組合」中來看，才能適度發揮，找到自己的位置，進而達到應有的效益。

　　「行銷組合」(Marketing Mix)是指公司可控制的行銷變數之組合，簡稱行銷的「4P」，這 4P 是指產品(Product)、價格(Price)、配銷通路(Place)、促進銷售(Promotion)等四個可由公司策略運用，以便在目標市場引發預期效果的作為。

　　如圖所示：

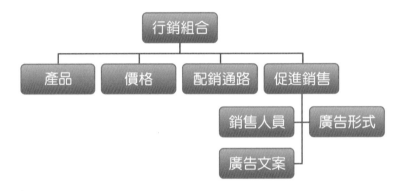

　　如上圖所示，「廣告文案」在整個「行銷組合」中的位階，只是「促銷」底下的一個環節。文案寫作人員尚須配合「廣告形式」、「銷售人員」，更何況上層還有總總因素可以左右文案寫作人員的撰稿方向與寫作策略。

　　如果產品體質很強，價格就算高些，消費者爭相走告的結果，不用大打廣告也能走入人心；同樣好的產品，如果價格再低些，而且又於百貨名店販售，產品本身自然就更有說服力。這些影響的因素當中，包括產品的說服力、價格的說服力、通路的說服力，若不具備這些條件，文案人員就很難有著力點，所以有人

說：「無論你多麼有技巧，也不能發明一個不存在的優點」。換言之，廣告文案是一份深具挑戰性的工作，「好賣」的商品通常不用花大錢來作廣告，文案人員接獲的個案很多是要自己去「發明」優點的。我們玩文字、秀文字，最後是要能拿文字來誘發消費，甚至翻轉一個品牌的形象，不是自己寫來高興就好。面對這樣的難度，創意就是它的生命力，而市場敏感度、消費者心理等等，都是不能在廣告文案中缺席的。

　　廣告是一門相當專業的工作，甚至可以單獨開一個「系」來教授；而廣告又有「平面廣告」和「電視廣告」（腳本）的區別，它們各有不同的書寫原則。但由於本章節側重的是「文學應用」這個課題，所以整個課程是聚焦在紙本所延伸的平面廣告與日常應用，並且是以「詩歌經濟」出發，先談一般文案寫作的基本素養，再導入現代詩的應用，期能以詩歌的質感來為商品加值，讓原來只有 48 元價值的一支筆，變成 120 元；原來 900 萬的建案，變成 1380 萬。

三、廣告文案的書寫原則

　　每一樣商品都有自己的特質，不同的目標市場有不同的訴求，因此文案書寫的方法並沒有固定的框架可以套用。例如，以往廣告標語要能直接帶出商品，讓人一看就知道是在賣什麼，但現在有不少廣告標語，反而是以讓人抓不到重點為能事。

　　又如，同樣是寫預售屋廣告，在科博館、美術館特區的豪宅，一般要注意語言的細緻度與情境語彙的操作；但如果換成傳統的透天店面，我們縱然有再多的想像與文采，可能也是多餘的，因為買家可能只要「金店面」三個字，或者只要一隻看得見的「金雞母」，甚至在郊區的臨路大店面也只是用來當成「有天有地」的自宅。總之，廣告有太多可能了！上述的「產品差異」、「城鄉差距」，乃至消費者的品貌，都還不能成為絕對的價值判斷。就像牽著一頭牛的老農夫，也有看著夕陽遲遲不肯回家的時候，這不就是「審美的需求」嗎？因此，當你在賣進口百萬名車時，千萬不要以為戴斗笠的老伯只是進來「看看」。

　　以下的幾個廣告文案書寫原則也只是一般性的，實務上要看我們想讓廣告達到怎麼樣的預期效果而定。

（一）確立任務目標

　　文案人員在開始工作之前，最重要的是徹底了解所要廣告的商品。但由於公司任務分工的結果，這個「了解」，往往不是第一手資料，而是從業務單位來的任務簡報，這中間，廣告主的原始需求與商品資訊可能被自作聰明的「窗口」篩選過，或被誤解、遺漏，所以文案人員最好是親自參加廣告主的簡報，避免失真。有了明確的任務目標，才能為商品定位，進而擬定書寫策略。否則很容易在對話窗口太多的情況下，文字風景全盤遭到廣告主否決。

（二）精確的主題

　　要在一張不大的平面廣告上完成特定的訴求，其空間實在有限，即使是「二十全」的 NP 稿，文案人員要好好把握「那幾個字」的效果。雖然通常還會有美術人員的圖像來支援整個主題，但文案人員還是要有以「那幾個字」來擔負全局的準備。

　　一般而言，寫下標題（下標）時就應該能凸顯「主題」，讓消費者知道是在賣什麼了！這個「什麼」，不一定是商品本體，但至少也是某個訴求的「賣點」。除非是要造成話題，而且有「續集」的廣告預算，這樣就容許讓消費者的疑惑暫時懸置，否則文案的主題應該一箭就中。比如說，如果我們只有一隻手錶，應該就可以知道時間了，但若擁有兩隻以上的手錶，反而不能告訴一個人更準確的時間，而是會讓看錶的人失去信心，不知道要相信哪一個刻度。

（三）從消費者心理著手

　　要賣東西給別人，要先問自己：「如果是我，我會買嗎？」如果我們自己都不想要，又如何去「說服」別人。就算行銷的不是商品，「行銷」一個社團活動也是同樣的道理。

　　那麼，什麼東西是我們會想要的？或者，如何讓人想要？這就看文案內容如何去抓住消費者的慾望，或者「提供慾望」。在這裡，文案人員所寫的訊息，透過描述，就是要能將消費者的欲

求、需求，用文字誘發出來，讓人看了之後有一種「這就是我要的」，或者「如果這樣，我也會想要」的心理。

（四）對味：「品味」與「對位」

消費者的心理因素除了「需要」與「不需要」之外，還有一個隱藏在特定社會文化脈絡下的深層心理，那就是各消費階層的品味問題。

這個「品味」有時可以被創造出來，像是不常買書的人也可能愛上「誠品」，讓自己在誠品的符號下變得有「品味」；但大部分的情況是，文案人員要先捉住產品的特性、市場的定位，寫出同等品味的文字給對位的人看。所以，在選擇、遣用文字時，用什麼詞、哪一種調性的語彙就很重要了！譬如說，賣牛仔褲可以有嬉皮風的字眼，賣豪宅如果也同樣嬉皮，會讓人有不夠穩健的形象（感覺）。特別是對於有文化內涵的消費者而言，由詩歌所創造出來的語言質感，恰可透過那些無形的感官體驗（文字徵候），對應在商品形象上，爭取到某種「對位」關係——「你」是這樣的品味人士，所以需要這樣的產品（廣告文案代言下的產品）。

（五）以「創意」奪人耳目

有創意就能吸引消費者的目光，有創意還能在消費者的腦海中占有一定的區塊，成為單獨的一個記憶抽屜，並且標籤化。

　　寫作時應先想辦法跳離框架，放大、縮小、改變質性，換個角度、顏色、時空，趣味化、戲劇化皆可，但跳離後還必須回到主題。一旦能回到主題，中間的「偏離」便是創意的亮點、驚奇的所在。或者利用簡單的「轉化」，不管是以物擬人、以人擬物，或是以彼物擬此物。也就是說，接到一個案子時，可利用聯想的遊戲，將核心概念「轉化」為文字表現。

（六）表明品牌的優勢

　　廣告有太多可能了！它並非課堂上要的一個標準答案，而且很忌諱標準答案，所以同一個案子往往要寫出好幾個文案來「比稿」，或在腦力激盪下，將幾個點子重組。至於優劣勝敗，取捨的關鍵有時就落在標題對於「產品（品牌）優勢」的描述。文字若能帶出自家的優勢，強調自己的特色，自然就能和同類型產品有所區隔。例如「M＆M 巧克力」的標語「只溶你口，不溶你手」就是很經典的表述方式。

　　表明產品的「優勢」，其實也是在找出消費者的「利益」所在。不管是價格、質感、方便性，都可成為優勢（利益）之一。若有「不可取代性」，那更是關鍵的優勢。

（七）不做太難的訴求

寫文案稿不能太貪心，不管是一次想表達太多意念（或者太過，很難令人信服的說法），還是文案寫得太艱澀（在語意上的難解）都是不妥的。最好能「門當戶對」，看消費對象是誰。

所謂「太難」，除了意念太難，還包括文字太難，聲韻、頓挫太難，這些都有礙「訴求」（訊息）的傳遞，不適合寫成文案。其中，文句間太長，所以會有頓挫（斷句與分行）的處理問題，關於這點可以在文字排列時稍加留意「句讀」的位置，像是行文間的「空格」和「逗點」的位置都可以作巧妙的安排。例如「不能說的秘密」和「不能說的，秘密」就有些微的差別，除了節奏上的不同，後者的「不能說的」與「秘密」更被分別強調了！

四、文案實例分析

（一）李欣頻的「廣告副作用」

廣告給一般人的感覺，通常是「隱惡揚善」。但如果「揚善」是為了創建更美好的世界，我們應該可以應許一個特殊的「視角」，讓文字重新觀看這個世界。或許是把天際線往上移動一些，看見天空的藍與寬；或者把地平線往後再挪，讓自由更加遼闊。當然也可以應用詩歌的語感，帶給消費者七分甜，三分自由想像。而這些都不涉及說謊，只是增加了文字的賞味期，同時也是愉悅的必要。例如，李欣頻(1970~)收錄於《廣告副作用：完整典

藏版／商業篇》的一則百貨促銷活動文宣，類同於詩歌的文字是
如此表現的：

百貨·節慶·禮遇的
三百六十五種藉口

放假、狂歡、相聚、團圓、送禮，

然後精神周而復始，肉體重蹈覆轍，

為了讓三百六十五天過得高潮迭起，

我們巧立春、夏、秋、冬，各種狂歡日夜的名目。

　　看完這一篇文案之後，會有一種「我們就應該這樣」的感
覺。應該怎樣呢？應該狂歡，應該購物。不用等到特殊節慶，三
百六十五天都可以是自己的購物節——在「我們」辛苦工作（肉
體重蹈覆轍）之後，一切都變得理所當然。這就是廣告的說服
力，但文字的質感又讓我們不會流於物質上的拜金。只有這樣，
我們在精神上才可以如文案所言「周而復始」去面對日常的耗
損。

　　為了讓廣告文案好唸、好記，一般還會借重雙關語來召喚過
去的記憶，或表達弦外之音；或者在句尾押韻，利用相同的收音

來幫助記憶。但是在文案「詩歌化」的案例中，主要是透過貼近日常生活的「情境語」來促發整個消費體驗，所以也不見得是採取一般廣告喜用的諧音字。例如李欣頻與「誠品文化」相契合的一些文案調性，總是能捉住某種生活節奏。這是一種能夠配合日常呼吸和生活步調的語態，但卻帶有「新意」，也巧妙斷句分行（這都是新詩的質素之一），同時又能在情境上取得閱讀的愉悅和高度的認同。

　　站在廣告文案的高度上，與其說是李欣頻的文案與誠品文化相「契合」，不如說是李欣頻用「類文學」的手法，賦予了文案更佳的賞味效果，打造了「誠品」初期的文化，也愉悅了消費者。其實一個成功的文案，是可以在一系列的廣告之後，為「廣告主」建立「品牌資產」的。

（二）文藝營招生簡章

　　以下是「相約 2009 南投縣文學營」招生簡章的刊頭語，它其實也是對應活動性質而寫下的文案標題：

用一枚月亮的截角，兌換文學光年

講師群：林黛嫚、王文華等名師
住宿：夜宿國姓鄉「喬園渡假山莊」

　　在這個講求個性化、嘉年華化的時代，公家機關辦活動也不會只以冷冰冰的章程條文示人。在這裡，主辦單位為二天一夜的文學營活動加上一段情境文字放在簡章（海報）的最前面，可以說是「廣告文案」的一般性應用。

　　由於活動是在沒有光害的南投山區舉辦，除了名師，夜宿山莊也是個很好的賣點，於是這個文案最先想到的關鍵詞是「月亮」，接著才有「用一枚月亮兌換什麼」的念頭。在這個發想裡，又以「截角」最能與「兌換」引發聯想，同時「截角」也比「整個月亮」更富獨特性。

　　至於「文學光年」，「文學」是整個活動的重點，有其揭顯的必要。而「光年」這二個字的發想，點出的是「文學」的特性，因為文學的審美活動是現實經驗的超越，雖然有距離，但以整句來看，「用一枚月亮的截角」就能兌換「文學光年」，說來是多麼容易親近與實現。

　　對於一篇招生簡章來說，有了情境語彙的加附，展現的是相乘的效果，我們在其他活動公告中，也可以如此操作。技巧上，就像以一個「已知數」乘以一個「未知數」；已知數是「實寫」，未知數是「虛寫」的情境語彙（近於詩歌的語言）。虛寫雖為一種想像，卻以帶出「希望」為能事。不過要注意的是，文字本身還是要讓人有信賴感才好。簡單說，就是可以畫「大餅」，但不能畫

太大！畫太大以及沒有點出實際的主題，都會變成「未知數」乘以「未知數」，純屬虛幻，讓人感覺很不真實，也找不到主題。

（三）建築廣告文案

接下來，將以廣告預算相當可觀的建築廣告文案為例，說明「行銷手冊」（行銷說明書）的幾個重點主題（案名形象篇、地段篇、……）是在哪些文案策略下寫出來的。本章節之所以大量以建築預售案為例，是因為它與常民生活息息相關，一般人都有實際居住體驗，習作時較能貼近個人經驗，同時也能建構個人想像中的理想居家。更重要的是，建築廣告預算可達到建案「總銷額」的 2~2.5%，其文字效益可想而知。

而「行銷手冊」的重要性在於，不管是 DM（Direct Mail，或譯「直接信函」），還是 NP 稿（報紙廣告），對於一個建案而言，最能完整體現文案人員專案能力的工作，便是預售案銷售手冊的撰寫。銷售手冊一旦可以獨力完成，接下來一波波的廣告文案，不管是主打地段還是建築風格，休閒設施或者室內格局，等於是銷售手冊中的一小篇而已。

1. 案名形象篇：

碧益惠文

以史詩的布局，形塑建築新文明

　　這個案例是位於臺中市七期重劃區的建案，案名「碧益惠文」。其中領頭的「碧益」二字是建築公司的公司名稱，該公司過去的幾個建案也都是以此模式為建案命名。當它連續使用之後，等於是一個品牌（知名度）的建立和宣告——在廣告新案的同時，也在「廣告」這家公司。建案多了，消費者就會「聽過」、「記得」這家建築公司。尤其當它過去的績效都變成口碑之後，此一策略就會讓知名度變成一種品牌資產，房子不但好賣，每坪的單價也能在同區段、同一產品中比其他品牌高。

　　其次，「惠文」顯然是主打「惠文完全中學」這個明星學區，也等於宣告了它在地段上的優勢。而底下的標語「以史詩的布局，形塑建築新文明」是以一句話來為建案定調。顯然，本案有意塑造出「豪宅」的形象，同時也透露著在建築規劃上的用心，所以是「史詩的布局」。

2. 地段篇：

惠文流域，一個全新的文明

兩河流域產生了古巴比倫文明。而現代的上海，黃浦江和蘇州河是「兩河流域」的重新認知與盤活。同樣的文明在七期，文心路與中港路形成的「肥沃月灣」，是「國際化台中」的灘頭，是兩岸三地、美國龍頭企業、歐盟市場競相跨足的河階，更是各方驕貴的建築群落。他們在「惠文流域」決定自己如何與天空對話。至此，一個全新的文明，已然決定。

　　本案的建築業者與廣告公司希望文案人員以「水」為主題，以此來打造整體印象。其實這個策略在「意象的統一」上，是有利「儲值」廣告印象的。試想，如果每一波廣告 DM 都換一個截然無關的主題，廣告印象不免零散。所以，在「地段篇」，筆者一方面取「惠文」的「文」字，做為連結字面意涵的元素，延伸出「文明」這個概念，讓「惠文」不只是空間的標記；另一方面又尊重廣告主的意見（廣告主對於主題的要求），於是以「流域」來延續「水」這個元素，在概念統整後，便有了「惠文流域，一個

全新的文明」這樣的標題。而且將它定義為一個新的「流域」、全新的文明，乃是對照著地段環境的一種比喻，因為「七期重劃區」就在文心路以西、中港路以南，這二大幹道可以說是富饒之地，可與「兩河流域」取得聯想上的符號「對等關係」，突顯出屬於臺中的「肥沃月灣」。

3. 露天風呂篇：

SPA 新境界　私人水岸
寵愛從每一個毛細孔開始

在【碧益惠文】的露天風呂
月光的上游是嫦娥　月光的下游是你

卡羅・史卡帕（Carlo Scarpa）：偉大的建築師應該在理性目的及功能之外，讓「想像」也成為建築的重要元素之一。

而【碧益惠文】所要構築的私人水域，是「想像」的一種實有與「專屬」。

當你帶著一身繁華回家，走進浴室，彷彿走入河階，
在自然古樸的露天風呂，等待著月光與肌膚的相遇。

　　這篇主要是在寫建案頂樓的「露天風呂」。從字體大小的設計可以看出，主要的標題是落在第二句的「寵愛從每一個毛細孔開始」，而上面較小的字是「短引文」，下面另有一段引文（在【碧

益惠文】的露天風呂……）有時也視為副標題。接著，最下方是一小段情境文字，這些文字的字型、字體大小，在實務上是經過美術人員設計的，但文案人員為了更精確表達出敘述情境與敘說層次，可在打稿時就預作編排處理。也就是說，文案人員是和圖像設計人員相配合的，為了溝通上的必要，文案本身也要具備一些美編能力。

特別一提的是，中間刻意引用 20 世紀最重要的建築師之一的卡羅・史卡帕(1906~1978)的概念來「架高」本案的層次，將「露天風呂」所存在的想像空間定調為「建築的重要元素之一」，而且是可以在買下這棟豪宅之後，「想像」不再是「想像」，而是一種「實有」與專屬。相信如果經濟能力許可，我們所要購買的房子不會只要求「能住」就好。至於卡羅・史卡帕是誰？多數人或許都不知道，但這個「不知道」，無形中也拉高了層次、引發了追求。

五、詩作演示

上一個小節都是廣告文案的實際案例，根據上面的分析，我們可以看到這些帶有「意象語」的文字，在某種程度上已經介入了文案的書寫！在這個小節，為了演示「現代詩」確實可以應用在文案寫作上，接下來將以羅任玲的作品〈昨日的窗簾〉為例，試以運用在建築預售案的寫作上，看現代詩如何用它的文字質感、語境，來為產品「加值」，拉高建築個案的價值。

在實際演示之前，要說明的前提是：由於現代詩的語言、風格、意象各有不同，相對於產品的特色來說，我們擷取的詩句必然是與產品特質有所相應的部分。特別是以下的操作，包含所下的廣告標題和文案文字，我們要演示的是：文字符號與「海景高樓建築」的「窗景」有所相應的部分，同時也借重它的語境和質感，來為這棟「海景天夏」的「窗景篇」加分。請看：

窗景是你私人的藏書

夏天清晨六點的海
奧義環抱著
最遠最藍的那一點
默默划去

水波蕩漾時間
光影斜斜
穿過了冬天的迴廊
只有祂雕刻的聲音
還留在金色琴弦上

　　羅任玲〈昨日的窗簾〉原作有 15 行，在這裡為了對應廣告文案所需的標題和形式（含廣告版面的考量以及文字總量），並為了符合「高樓海景」、「窗景」所需的廣告文字，筆者另外撰寫的廣告標題是：「窗景是你私人的藏書」，然後才在標題之後摘錄了原作當中的 9 行當成文案文字。乍看之下，似乎就像是為高價建案特別撰寫的文案，予以巧妙融合，取得意象上的聯繫，並且在訊息接受端（訴求對象）也對準了高品味的目標市場（潛在的消費者）。

　　至於此詩從「現代詩」到「廣告文案」的過程，首先是先讀到原詩旨趣，再加以摘錄符合情境的部分。所謂「符合」有時是想像力，再加上一些「創造性」的連結。

　　原詩若按題旨往下索引，一時之間或許還不能讓讀者探知主題所觀照的對象，但若細細尋索，當可透過意象的流動，一窺「時間」的本質。這是因為作者往往不直接道說「時間」這個命題，而是藉由另一個可與「時間」取得「符號對等」或「對話」的樣態，由它的「在場」來默默承擔敘事。這種形式的在場，同時也因為「時間」是抽象之物，作者乃轉由另外一個可感知的對象來說出「時間」，探問時間的本質。在這裡，這個承擔大部分意象的「物象」就是「海」。而詩中的「海」一旦被作者賦予特定的情感和意義之後，就不再單純只是個名詞，而是一個意象。這個意象（海／時間）有清晨的潔淨，有時波動如窗簾，有時又藍又

遠，像是被奧義環抱，而旅人在那裡划向另外一個點。這個「點」或許有心，或許無力；是空間點的轉換，也是時間點的移動。時間在空間裡演繹著春夏秋冬和種種可能，但沒有人可以把握那全部，所以時間會從我們的衣鏡走過，春日也會走向廢墟，只有「祂」雕刻的聲音「還留在金色琴弦上」。

　　根據以上的細讀（或有生產性、創造性的「誤讀」），筆者從「夏天清晨六點的海」開始摘錄起，據以經營出高樓層建築的窗景，面對海景時的寧靜、夐遠和清新。一個成功的企業家（或學者）可以環視奧義，將視野放得更遠，看到最藍最深的地方而無所疑惑。然後只要靜靜享受眼前的海和時間的流動，乃至「穿過了冬天的迴廊」。更重要的是這些文字營造出的生活質感，既有知性的追求，也有抽象的無限演繹和迴盪，不致讓文案落於一般概念上的海景（甚至是陳俗套語），這樣無形中也就拉高了這個建案的價值。

本單元習作

練習一

　　根據上一個小節，如果能將現代詩的語言巧妙應用在文案寫作上，其文字質感當可為產品加值。尤其是具有「多重指涉」效果的文字符號，往往能和許多情境取得連結，一首「二行詩」就可以同時應用在多種商品的廣告上。

　　以下都是「近似於」詩的語言，除了可以用來當成「a 廣告」，也可以用作「b 廣告」。請問，這些文句還可以應用在什麼商品（或產業、部門）的廣告文案上？請填寫。

文案	a 商品（產業）	b 商品（產業）
你懂得身體的 氣象學	化妝品	有機食品
啟動你的 戀物情節		
找一張 有表情的紙		
我們講求時尚 更講求信仰		
驚奇只有萬分之一的機率 而我給你百分百		

文案	a 商品（產業）	b 商品（產業）
這只是永恆的 第一秒		
該澆花了 味蕾		
我相信 這是你的嘉年華		
當時間的韻腳 走到這裡		
這裡是沒有速度的 閱讀		
花弄草巷 你讓時間禮讓		

練習二

建築廣告文案的寫作，一般都發生在建物還未動工興建之前，所以從事這樣的工作，必須要有想像力，才能將抽象的概念變成文字。而其他類廣告，要成為一則具有創意的廣告，同樣也需要有想像的連結。

以下有二個抽象的圖案，請說說它「可能是什麼」，並以文字來填補「想像」和「現實」中間的斷裂，讓它變成一個具體事件。

例如圖一，可以說成是：「有一隻老鼠，一直走到下水道的盡頭，才發現，只有真正的朋友才會在最黑暗的地方等牠。」在這段話語裡沒有一個贅字，每段話都充分指出了「可能」發生在這個抽象圖形的具體事件。而圖二，本來出自聖修伯里的《小王子》，雖然小王子有自己的想法，但大人都說這是一頂帽子。你呢？除了可能是「森林裡的一條大蟒蛇吞掉了大象」，它還有可能是什麼情節？

圖一：　　　　　　　　　　　　　圖二：

練習三 ✐

下圖是一個鄰近「南科」的建築案，在現有的廣告文案中已揭露本案的某些特質以及潛在消費者(Potential Consumers)，請參照這三張圖片的建築外觀、目前的文案內容（特別是：「你是收藏家。你要的，不只是華麗。終於，有一種建築可以描述你的風格，以及由這個大格局所決定的動線。我們知道你可以高傲卻選擇懷柔；你懂得演算菁英生活，更懂得找出永恆的第一秒」），再為這個建案重新擬定廣告標題（12 字以內），並另外撰寫一小段文案內容（文長 80 字內）。

邱順應(2008)，《廣告文案：創思原則與寫作實踐》，臺北：智勝文化。

吳岳剛(2008)，《隱喻廣告》，臺北：五南圖書。

黃世嘉(2009)，《洞悉狂想：創意背後的商業邏輯》，臺北：天下。

李欣頻(2010)，《廣告副作用：完整典藏版／藝文篇》，臺北：新新聞。

李欣頻(2010)，《廣告副作用：完整典藏版／商業篇》，臺北：新新聞。

Ken Nah 著(2010)、郭淑慧譯，《設計要怎麼思考》，臺北：博碩文化。

尚・布希亞著(1998)、洪凌譯，《擬仿物與擬像》，臺北：時報出版。

褚瑞基(2004)，《卡羅・史卡帕：空間中流動的詩性》，臺北：田園城市。

賴聲川(2006)，《賴聲川的創意學》，臺北：天下。

大衛・奧格威著(2007)、莊淑芬譯，《廣告大師奧格威》，臺北：天下文化。

Chapter 5

詩的遊戲與
文創應用

林德俊／編著

一、詩的遊戲性格

（一）打破文學的嚴肅性

詩與遊戲，有何關係？如何相關？

一般而言，詩的動詞，是「寫」；遊戲的動詞，是「玩」。有些時候，我們或許會「寫著玩」，不為考試、投稿、比賽、交作業等嚴肅目的而寫，沒有何時要完成，沒有一定要完成，沒有一定要完成得多好。這種狀態的寫作，撇開了正襟危坐，特別放鬆，純然為了滿足好奇、表現自我而寫，「寫」與「玩」因此有了高度重疊。

往往，我們帶著玩心寫詩，勇於實驗，不斷嘗試新的可能，使得獨樹一格的文學形式更容易冒出頭，因而獲取了令人驚喜的成果。

現代詩或新詩，追求現代感與創意，摒除傳統的束縛，令人耳目一新，所謂「言人所未言」，除了期待詩人「說出不一樣的什麼」，亦暗示著詩人要「用不一樣的方式說話」——琢磨著語言的伸展姿態，本身就是一種遊戲。

從文學推廣的角度來看，「玩」是一個很重要的概念，也是一個相當務實的作法。對於習詩者，無論閱讀或創作，「遊戲」心態有助於破除文學的嚴肅性，在出入自得的狀態中享受樂趣。

　　文學可以不必「高高在上」，人們之所以對文學產生距離感，肇因於社會上對「雅與俗」的態度。「雅與俗」對應著「高與低」、「深與淺」、「菁英與大眾」、「嚴肅與輕鬆」，文學往往被擺在文化品味的上層——這裡的「文學」意指課本以及經典選集上的「純文學」，對應著「大眾文學」或「通俗文學」，「純文學」被賦予「文以載道」及「發展精緻藝術形式」的任務，「大眾文學」扮演著休閒娛樂的功能，不易進入文學史取得一席之地。

　　但這種上下分立的二元結構並非牢不可破，在康德、席勒及斯賓塞等人的「遊戲說」裡，文學起源於遊戲，遊戲是一種無所為而為的非功利活動，人們自由自在地發揮想像力，滿足創造的衝動，得到愉悅，可以說：有了遊戲，才有審美。美，在遊戲裡誕生——舞蹈的誕生源自人們伸展肢體的慾望，音樂的誕生源自人們變化聲響的慾望，繪畫的誕生源自人們勾勒形狀、揮灑色彩的慾望……在藝術（包含文學）過程中，人們變得超凡脫俗，成為一個更棒的自己。遊戲與審美本是一體兩面，文學創作的過程離不開遊戲，遊戲的結果是作品，作品禁得起一再的審美考驗，便能流傳下去。

　　在現代文學的內部分類裡，詩不止像小說、散文那般從事「以語言去創新」的工作，而是更根本的「創新語言本身」，亦即語言不僅扮演「創新的工具」，「工具本身的創新」才是詩的天職。詩雖然也注重內容題材的開拓，但語言形式的突破為真正核

心，說白了，就是「用不一樣的方式說話」，藉此展現個性，找到那獨一無二的「我」。千萬別被「獨一無二」嚇著了，你只須摒除語言慣性的束縛，大膽做自己，那個獨一無二的「我」自然會被解放出來。

在課堂上，讓學員們即席創造出作品，是獲致「快感」乃至「成就感」的一條捷徑。激盪靈感，「遊戲」是不二法門，所有遊戲皆有「規則」，規則是遊戲的軌道，一旦鋪設好了便不能輕易打破，這是遊戲「嚴肅」的一面。但正因有規則的「限制」，才帶來了「挑戰」的樂趣，吸引玩家認真投入，探索未知。

（二）玩詩的方法千變萬化

詩句往往產生自日常語言的拆解與變造，例如造訪歷史博物館的時候，你或許會興起一句「這是一個古意盎然的早晨」，此為一般化的語言，而如果把句子改成「這是一個青銅色的早晨」，詩意便冒出來了。當「古意盎然」這種比較直接的形容詞被置換成「青銅色」這種指涉較不清楚卻感染力強烈的字眼，整個句子便敞開了想像空間，晨光的顏色大概很難是青銅色的吧，「青銅色的早晨」應該是心境裡的神妙畫面。

詩的趣味，很大程度來自這種「開日常語言的玩笑」或「貼著日常語言飛行」。要加入玩詩的行列，首先必須打破詩的神聖性。詩，不但人人都可讀，而且人人都可寫。寫壞了怎麼辦？詩

人白靈最喜歡引用德國作家赫曼・赫塞的一句話作為新詩教學的開宗明義：「寫一首壞詩的樂趣，甚於讀一首好詩。」因此，你還擔心什麼！

蕭蕭在 1997 年出版了《現代詩遊戲》，是臺灣將遊戲概念明確而系統地實行於新詩教學的先例。蕭蕭寫道：「透過遊戲的設計，我們可能柔軟我們的腦筋，靈敏我們的心靈，逐漸可以接近詩的心臟。」文字詩的寫作，不外乎由字到詞，由詞到句，再予以組織成詩。該書擬定了二十套遊戲規則，引領讀者透過模仿名家詩句以及種種強迫聯想的方式來經歷這個過程。蕭蕭把重點放在刺激詩句的生發，至於如何排列組合，最後像接龍般把它們串連起來，著墨較少，畢竟那是詩藝最不可言說的部分，玩者必須各自體會、各憑本事了。當然，此時若有一位願意和你一起探討文本細節的資深玩家引領陪伴，應能事半功倍。

蕭蕭的嘗試，讓寫詩不但成為個人的頭腦體操，也成為集體的團康活動。白靈在 2004 年出版的《一首詩的玩法》，則是把玩詩的方法開拓到跨界的範疇，鼓勵讀者在白紙黑字之外，還要動畫筆、剪刀糨糊甚至 Power Point 及 Flash 電腦動畫軟體，圖畫詩、地圖詩、剪貼詩、數位詩、手工詩集……這些遊戲菜單，光聽名字便覺新鮮有趣。白靈說：「『打破邊界』便是現代詩最大的本領。」

承續著蕭蕭、白靈兩位前輩的努力，小熊老師也在《遊戲把詩搞大了》、《玩詩練功房》兩本著作提供了許多獨樂、眾樂兩相

宜的「練功法」，協助習詩者在遊戲中建立創作的手感。在遊戲當中，別太快去評判作品的好壞，老師或同伴可以扮演「積極的讀者」，陪著一起去推敲每一個細節：「為什麼這個地方要這樣寫？」「如果換個字或換個詞會有什麼效果？」「多一個字或少一個字會變得如何？」「要不要把這兩行合併成一行，或把那一行切割成兩行？」「標題有無其他方案？」……

　　遊戲作為一種手段，有助「恐詩症」患者卸下心防，打開通往新詩堂奧之門。大家一起做實驗，走一趟歧路花園。這些平時的練習，不必急著打分數，甚至，作品的「完成度」也不必強求，重點在激起創作的興致與意志，當你樂於寫、敢於寫，拉出那條線頭，發展了雛形，接下來便是更長遠的功課，那需要時間的沉澱，甚至需要靈感的機緣，一首詩的完成，本非一朝一夕，得反覆修整，直到滿意的版本出現，才能定稿。

二、讀與寫，都有遊戲精神

（一）讀詩像猜謎

　　遊戲作為一種精神，無時無刻不存在於詩的讀與寫。遊戲之於閱讀，那是一種閱讀的「前意識」，讀難懂的詩可以如猜謎般有趣；而當你讀到「請勿讀詩／詩會感動得以身相許」（摘自〈危險告示牌〉《成人童詩》）這樣對詩的處境（讀者小眾）自我調侃的句子，又會如閱讀笑話般不禁莞爾。

　　詩是欲言又止的秘密，朦朧的語言，不直說，暗示你，而不明白告訴你。短小精幹的詩，適合拿來當謎語。把讀詩寫詩具體地化為一場遊戲，可參考以下玩法：

　　書寫一個對象，對象即為標題，當內文不重複標題，讀者掩住標題，先讀內文，便可猜猜它在寫什麼，這即是謎語詩遊戲。邀請你寫一首謎語詩，歌詠或描繪一個對象（可以是任何人、事、物），謎底即為作品原標題，行數建議不超過十行。

【範例】猜一物（標題暫隱）
◎林德俊

任憑揉、捏、壓、扭
都不說話
只是執意搓磨
修整一幅花花綠綠的世界
趕在自己消失之前

（謎底：擦子）

（二）讀完立即創作

　　遊戲之於寫作，那是「後現代詩」寫作的基本性格，後現代詩常見擬仿（或戲擬、戲仿）手法，取用一些生活中的既定格式加以變造，帶來一種「打破疆界」的新鮮感，趣味橫生。現代詩的創作，求新求變是王道，在這樣的認知裡，遊戲本是詩的靈魂。以下便取跨界詩集《樂善好詩》裡收錄的四件作品來進行討論。

1. 〈時間九宮格〉

　　有些詩作，本身就是一項遊戲設計，譬如〈時間九宮格〉這首視覺詩：

閱讀路線1
直走、斜行

閱讀路線2
自由行（跳格子、超連結）

皺紋	註銷	逃生門
限時專送	歲月	機密
童年	氣球	銀貨兩訖

這樣的詩怎麼讀？透過「閱讀路線 1」的提示，可以三格連成一線，亦即，玩家可以在九宮格裡畫一條直線或斜線，一線串起三格，把三格裡的詞彙連起來，加油添醋增生字詞發展成一個詩句。畫幾條線，便完成幾個詩句。最後，再把幾個詩句繼續加油添醋，排列一番，便有機會完成一首詩。九宮格裡究竟要畫幾條線才能湊足寫一首詩的詞句素材，並無一定，最後完成的詩作，不必硬性規定要用上所有串起的句子。此遊戲設計的主要用意在激發靈感，重點是幫助造句，把看似不那麼相關的詞彙透過「聯想」組合起來，發展成詩。以下是小熊老師的示範：

〈時間九宮格・解構版〉
◎小熊老師

皺紋註銷了逃生門
還是
逃生門註銷了皺紋

誰把皺紋限時專送給童年
又是誰
把氣球交給歲月註銷
無論是誰　都改變不了

皺紋和歲月銀貨兩訖的事實

但又是誰說
童年是歲月的逃生門
童年的氣球和逃生門的機密
總有一天要銀貨兩訖

　　「閱讀路線 2」的「跳格子」可以理解為九宮格裡的每個詞彙必須跳過一格來找尋可連結的詞彙，至於「超連結」則是「非線性」之意，跳格子即是非線性的一種方法，總之，「閱讀路線 2」的自由行，期待遊戲帶領人利用九宮格自由制定規範，或讓玩家在這個九宮格詞彙庫裡自由連結、增生，以「產出詩作」為目標。

　　如要製造一個新的九宮格詞彙庫，建議多取用有畫面感的詞彙（意象）或感覺比較強烈的詞彙，除了名詞之外最好還納入動詞，如此便可為一首又一首待完成的詩提供比較好發揮的素材，把靈感誘引出來。若一時卡卡，想不到可以在九宮格裡填入哪些詞彙，不妨採用「放射狀聯想法」，先在中心格填入詩的主題詞彙（譬如「歲月」），往外以自由聯想的方式，想到什麼就填什麼，隨興增生出八個詞彙，如此便有一組具有內在想像連結關係的詞彙可以運用。

　　寫完可以另立標題，標題的產生不妨採取跳格子的方式，自由選取兩個詞，譬如：「註銷」和「機密」，該詩的詩題即為：註銷機密。

2.　〈詩歌象棋：言與心的戰爭〉

　　另一首視覺詩〈詩歌象棋：言與心的戰爭〉也有異曲同工之妙，將象棋的棋盤及棋子上的文字「偷天換日」，棋盤上「觀棋不語真君子，起手無回大丈夫」代換成「此生不悔真君子，時光無回大丈夫」，其實是把「人生就像一盤棋」的比喻「換句話說」，用不一樣的說法，迂迴地表達出來。棋盤上「楚河／漢界」則被代換成「現實／夢境」，人生被比喻為一場現實和夢境的攻防戰，現實和夢境只在一線之間，就像「楚河／漢界」在棋盤上的那一道溝渠，不難跨越……這些比喻都沒有「明說」，而是透過視覺效果強烈的圖文來「暗示」，令朦朧的詩意油然而生。

　　這首〈詩歌象棋〉還有進一步的細節，棋子上的將、士、象、車、馬、包、卒……被代換成謎、誠、識、訴、記、誘、讓……這樣的衝突感或錯置感，通常會引發觀者好奇，開始去思索這個文本背後的深意。若光看視覺詩的圖像呈現，先不看另外附上的規則敘述，仔細看，會發現黑棋上的字都是「言」字旁（部首），紅棋上的字都是「心」字旁（部首），而顏色也發揮著暗示功能，黑色和紅色對比之下，黑色暗示著嚴肅，紅色暗示著熱情，如此一來，「黑色的言」和「紅色的心」一邊一國，呈現出

「理性言說」和「內心情緒」兩個世界相互拉扯的效果，一個為表，一個為裡，表裡之間的戲劇張力於是被創造了出來。

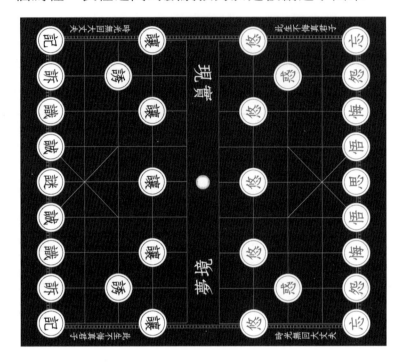

再看看此視覺詩圖像部分以外的規則敘述。此詩被定名為〈詩歌象棋：言與心的戰爭〉，在詩集的安排裡，呈現圖像之前有一段引言，引言後是遊戲規則：

> 詩言志，詩歌乃心志之通道，「言」與「心」總是處在彼此尋覓、相互追捕的永恆循環之中，每一子之步伐路徑、領地範疇，了無限制亦難能限制。當每一言每一心相伴相依，暫時定格，可謂理想和局之一種。

這是一個以和局為目標之遊戲，雙方不以侵吞、擄獲對方之棋子為樂。對弈乃寓教於樂之心智養成所，豈可暗藏戰爭與毀滅！

★ 遊戲規則 1：

可兩人對弈，亦可一人分飾兩角。

夢境、現實一邊一國，言棋（墨黑字者）、心棋（鮮紅字者）各據一方，兩方棋手任意羅列起始布局，唯尚不得跨越邊界。

棋局開始，雙方始得越界，每一子地位平等，雙方無一子可吃掉對方任一子，每一子走法皆可直行或橫行、前進或後退，唯一方一回合只能移動一只棋子，一次可一步亦可多步，若前無阻擋棋子則大可暢行多步。

當每一個言字旁之棋子，都能找到一個心部首之棋子相鄰，便可達和局，經雙方共同認定為終局後，便完成了一幅詩歌象棋之造境。

★遊戲規則 2：

請自己想一套玩法。或由對弈雙方共同研擬新規則。

　　根據「遊戲規則 1」，這是一個紅棋（心字旁）和黑棋（言字旁）的配對造詞甚至造句遊戲，當「謎」與「思」配成一對，便可發展出這樣的詩句：「**謎**題勾引**思**想」。以下是原作者林德俊所提供的示範：

　　　　謎題勾引**思**想
　　　　情魅**誘**拐眩**惑**
　　　　記憶拔河遺**忘**
　　　　怨懟無誰傾**訴**
　　　　多**識**難保不**悔**
　　　　心**誠**終得了**悟**
　　　　謙**讓**而後懷**悠**

　　〈詩歌象棋：言與心的戰爭〉顯然是一個多層次的文本，可以衍生出各式各樣的玩法與應用模式。「遊戲規則 1」讓原本以侵吞敵手領地棋子為目標的邏輯反轉成一種對和局的追求，此舉不但對象棋傳統典範進行了解構，也遞出一種非競爭性的人生觀；同時，配對的過程又逼著或導引著玩家去思索字詞的組合，語句結構於是被創造出來，使得略顯消極（不追求贏）的遊戲態度在另一出口（創造作品）展示了積極性。

　　此作品曾由原創詩人林德俊與 EZ Studuio 工作室合作，開發出實體紀念版，獲得臺北詩歌節日用物件詩徵件首獎，作為文創禮品限量贈送、發售。

　　後來更有臺南長榮高中的國文老師陳淑萍以此〈詩歌象棋〉為靈感發展「棋盤詩遊戲」教案，帶領同學設計出語文學習桌遊，在博覽會上獲得好評。

　　陳淑萍老師帶領學生完成的版本之一概說如下：

★　**步驟 1**：把軍棋中的軍、士、象、車、馬、包、卒等位階以紅、橙、黃、綠、藍、靛、紫等顏色替代。兩陣營分別畫記不同樣式的框線作區別。

★　**步驟 2**：為此局設定一個主題，如：初戀、友情……等等。

★　**步驟 3**：兩方棋子分別填上與主題相關的語彙，一方全數填寫具象詞彙，另一方全數填寫抽象詞彙。

★　**步驟 4**：如軍棋的規則一般，雙方對陣。一方的棋子吃掉另一方的棋子時，用棋子上的兩個詞語造出一個句子。

★　**步驟 5**：將造句串聯成詩。

展覽場的棋子上已書有詞語，一方是具象詞語、一方是抽象詞語。闖關同學和關主對決，只要其中一方吃

掉另一方的一個子，用二棋子上的兩個詞語造一個句子，即可過關蓋章！

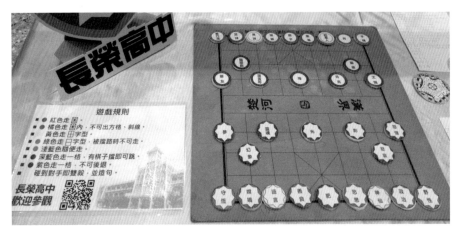

➡ 長榮高中師生合作的棋盤詩遊戲（陳淑萍提供）

　　詩是日常語言的變造，有時只是「換句話說」，詩意便跑出來了。在非詩領域，也有類似的表現，譬如：歌名「愛你一萬年」，想要表達「很愛你」的意思，「一萬年」是一種誇飾，「愛你一萬年」為換句話說之一種；又譬如村上春樹《挪威的森林》裡的角色對白：「我像『全世界叢林裡的老虎全都融解成奶油』那樣喜歡你……」這樣的說法是不是俏皮多了？雖然村上春樹是個小說家，但偶爾也會在小說中因靈巧的遣詞造句而迸出詩意。

　　詩不會是全新的語言，而是建築在舊有語言的基礎上。這「舊有語言」也許是一種文字格式（例如問卷、註解、說明書、心理測驗、各式表格），也許是一種視覺樣式（例如彩券、證件、

招牌、路標、廟籤、發票、獎狀、棋盤、時鐘、統計圖、明信片、電子郵件）。後者已跨足視覺藝術，而可稱為視覺詩了。

〈時間九宮格〉和〈詩歌象棋：言與心的戰爭〉都可列入視覺詩的範疇，也都展現了高度的遊戲性，可以不斷「變形」，不斷地被「再創作」為各種不同的版本。

3. 〈樂透彩一彩〉

以下再舉出一幅生活化的視覺詩〈樂透彩一彩〉：

蕭蕭曾如此評論〈樂透彩一彩〉：

移植全張樂透彩券，但將「公益彩券」改為「公異彩券」以示詩想之異；兩側另立標語「一份玩樂心·一張塗鴉情」，彷彿是後現代主義的詩觀宣示；最主要的內涵是置換三組數字為三組文字，三組文字之間可以做任意串連，以開啟想像，別具天地……

——蕭蕭〈跨界越位的後現代：以林德俊《樂善好詩》為例〉

《後現代新詩美學》

〈樂透彩一彩〉，Ａ、Ｂ、Ｃ 三組號碼代以文字，其實那原本是作者另三首小詩的主要意象，其中前二首(Ａ、Ｂ)也收進了《樂善好詩》書中，分別為〈天空的空〉、〈街巷冒險法則〉，每一組「號碼」中的各個「文字」其實暗藏隱性的系統連結。讀者不妨帶著玩心，取 Ａ 或 Ｂ 或 Ｃ 的詞彙來造句寫詩，譬如：

〈街巷冒險法則〉

◎林德俊

街道被燙得很平
太平了
還好兩旁的小草是它的鬢角

可修，可不修
不修更有個性

小草旁的<u>野花</u>開出你的生日
<u>野花</u>上頭的<u>蜜蜂</u>嗡嗡嗡著
<u>我們</u>的結婚紀念日
不得不躺下的<u>枯葉</u>還抽搐著
哪一年哪一天的畢業典禮

4. 〈霓想國國民身分證〉

　　若覺得〈樂透彩一彩〉誘發讀者參與創作的遊戲設計難度稍高，不妨試試另一幅視覺詩〈霓想國國民身分證〉（背面），將其「挖空填詩」，在各個欄目（父、母、配偶……）完成您的「偷天換日」文學行動。

父	林德俊	母	陳小尾
配　偶	勾引「」夢境充氣抱枕	役　別	懶洋艦隊
出生地	地球子宮新幹線密道	身　高	高於主人自尊心半寸
住　址	童鳴腦窖超時空貨櫃	體　重	頭重（嗜睡）腦輕（如魅）

dechun@ms36.hinet.net

三、詩的文創應用

（一）經濟思維裡的文學

對於許多文學家而言，文學以「非實用性」彰顯自身，創作者站在前人的文學成就上，再創新局，續攀高峰。然而從社會教化的角度觀想，文學當可不拒實用，任何實用，只要沾染了文學、藝術，都自有其實用之外的附加價值。

2002 年臺灣的行政院提出了文化創意產業（Cultural and Creative Industry）的中文詞彙，此外，另有文化產業、創意產業、內容產業等內涵近似的姊妹詞。根據臺灣經濟部文化創意產業推動辦公室所公布的定義，文化創意產業指的是：「源自創意或文化積累，透過智慧財產的形成與運用，具有創造財富與就業機會潛力，並促進整體生活環境提升的行業。」除了振奮芸芸眾生的關鍵詞「創造財富與就業機會」之外，這樣的「官方說法」跟其他諸多版本、大同小異的「文化創意產業」概念定義一樣，因只見骨架而不見血肉，顯得空洞了些。

再審視文創概念下明確的產業結構，涵蓋了：視覺藝術、音樂與表演藝術、文化展演設施、工藝、電影、廣播電視、出版、廣告、設計、設計品牌時尚、建築設計、創意生活、數位休閒娛樂，共十三類產業。後四個項目顯然是因應當下趨勢而分立出來，予以強調。整體而言，「文化創意產業」概念之形成有如文字遊戲，以一種新的說法「統包」那些舊有的範疇。

　　既然政府已投入大量資源強化這些項目的發展，在這些既有文創次領域裡的專業人士們，其實只需「乘機」把自己原本的工作做得更好，做得更顯新意、更貼近時代生活的脈動，應能歡喜驗證「文化是一門好生意」這個命題。

　　歸納近幾年「文創成風」之後的產業發展及我們的日常生活變貌，可得出兩大趨勢：「產業融入文化」和「文化成為產業」。

1.　產業融入文化：傳統產業更注重包裝設計與文化行銷，透過文化意涵的賦予提升商品價值。

2.　文化成為產業：「談論創意」本身便可直接創造產值，「美感學習」成為一種明確的消費動機。

　　馬來西亞趨勢專家馮久玲曾在《文化是好生意》書中提到，「生意」便是「生動的主意」。生動的主意便是創意，創意的培育，應是新時代的文化產業紮根最基本面的工作。詩人，是文字創意的火車頭，在「文創成風」的時代氛圍下，不好好取用他們的「金頭腦」，豈不可惜？

（二）詩的文創應用類型

　　詩的文創可能，想必不會是已被驗證為低產值的傳統紙本詩集出版，應該也不會是要所有詩人都放下身段，放棄「無所為而為的書寫」（書寫本身即目的），委身於「為商業服務」的廣告文案書寫。那麼，詩，究竟能展現什麼文創可能？

詩，不論古典或現代，創作內容暨離不開生活，必有其庶民容貌。除了報刊、書本、網路媒體之外，詩亦現跡在喜慶賀詞、寺廟柱聯和籤條。把握文學的生活化基礎，便有機會在詩的文創應用一展身手。詩的文創應用，分類舉例如下：

1.　成為文具禮品元素

　　將文學元素融入商品設計，已行之有年，最常見的方式為書籤、卡片、明信片，文字配上攝影或插畫，圖文輝映。或者筆記書、日記本，在冊子的插頁或頁面邊角，引用詩句作為「配件」，藉此提升產品的「氣質」。其他如紙膠帶、燈罩紙、T 恤、提袋、書包、馬克杯等可以印上或刻上文字的物件，都適合讓詩句上身。承載文字的平台以紙製品為主流，另有布製、木製、陶瓷、塑膠製品等。這些商品往往以視覺設計作為吸引人的外顯因素（即「第一印象」），而以必須花一點時間咀嚼的文字來深化作品的內涵，詩「語短情長」的特性，最適合擔任此一角色。

　　朋友的一家花店，因感過去長久沿用的鮮花賀詞失之老套，漸漸不再符合年輕客群的需求，便思考改用現代詩的語言取而代之，當情人節花束卡片上寫著二行詩「剛剛互道晚安的我們／怎麼又在夢裡相遇了」，浪漫指數飆漲不少，餘味無窮。

　　許多文學商品化案例，帶來的實質效益不只是銷售營利而已。部分詩物件強調限量手作，其製作過程的示範教學，也逐步走入了社區活動、才藝班、文藝節慶，朝向一個平民化「文學手工藝」的推廣事業邁進。

2. 躍上產品包裝

　　臺灣統一集團 1990 年代推出奶茶盒裝飲料品牌「飲冰室茶集」，品牌命名的發想源自民國初年思想家梁啟超的著作《飲冰室文集》，掀起一波文藝風飲料時尚，除了將徐志摩等民初時代詩人的句子放上飲料瓶和廣告文宣，勾起民眾對於詩人生活世界的「想像」，之後更在活動設計上推陳出新，舉辦徵稿比賽，邀請臺灣當代詩人及跨界創作者書寫示範作，廣受年輕族群愛戴。如今，「詩句上身」的瓶裝飲料品牌早已不只一家，由於「飲冰室茶集」推行有年，仍屬它最為人熟知。

　　統一超商也曾為其「CITY CAFE」紙杯熱飲設計「一口咖啡，一行詩」系列隔熱紙杯套，將詩句配上插畫，讓一票擁護者興起「集杯套」的珍藏行動。崛起於臺中的珍珠奶茶老字號品牌「春水堂」亦與臺中市文化局共推「詩文杯套」，於臺中各家門市限量隨機附贈，美術設計走典雅路線，杯套上特意放上臺中詩人頭像，邀請民眾邊喝奶茶邊讀詩，還可以認識在地詩人。

　　飲料產業瞄準市井小民日常所需，市場極大，競爭激烈，各家廠商無不使出渾身解數，在包裝行銷上下功夫。大眾印象中帶著浪漫優雅氣息的詩，遂成為飲料時尚的源頭活水。反過來，文化行政單位看見飲料產業的大眾影響力，亦會主動尋求合作，將飲料包裝或其周邊製品化為文學推廣的通道。

3. 結合飲食文化

　　詩與飲食日常結合的方式，除了讓詩句躍上飲料包裝，產生「量化」的影響，還有許多其他「質化」的可能。在一些人文氣息濃厚的個性小店，常可見到文學的活潑化應用，譬如：詩句爬進了菜單，有時餐點的名稱就是一首詩的標題，詩作摘句就呈現在菜單上；又譬如：詩句成為空間布置元素，有時詩句寫在窗玻璃、印在遮棚布，以各式各樣的巧思融入室內設計，主人藉此展示其閱讀品味，營造出別具一格的人文休閒空間。

　➡ 熊與貓咖啡書房的遮棚詩

　　更有些店家會邀請詩人駐店，舉辦飲食詩歌朗讀會，甚至進一步以「飲食文學工作坊」的形式，帶領品嘗者以輕鬆心情現場「玩」出「歌詠食物」的小詩，即席分享，使得食物的品嘗除了色、香、味，還深入到心靈的層次。

4. 發展觀光地景

近年來，文學空間化在臺灣的例子越來越多，除了臺北市的「松江詩園」，苗栗三義有「臺灣詩鄉」，彰化有「八卦山文學步道」，臺南田寮有「臺灣詩路」……臺中文學公園及其周邊，曾規劃全臺規模最大的文學步道，沿著第五市場、忠孝國小、居仁國中、臺中女中，廣設刻寫各種文類、多元主題作品的石牆，如能落實，將是透過詩句立體化來推廣在地文學的示範。

以上羅列的文學公共空間，或許在空間類別、表現形式、內容取向上不盡相同，卻一致具備了文史和美學教育的功能，把文學融入景觀，以一種生活化和休閒化的方式引導人們去認識作家、親近文學，並可能帶動觀光效益；甚至空間的營造過程本身，就是在地社區凝聚力的展現。這些地方亦是文藝節慶的最佳展場，以鮮活、趣味的活動形式，引入動態活水（譬如多媒體詩歌展演），步向「文學親民」的願景。

■◆ 牯嶺街小劇場前斑馬線上的發票詩,將詩的創作融合統
一發票形式,放大輸出覆蓋斑馬線,引發路人好奇,在意外
中展開詩的閱讀。圖中發票詩為林德俊作品。

　　如何運用巧思適切地把文學元素轉化成空間元素、嘉年華元
素,本身就是一種「創意資本」,錘鍊這種創意資本,有助於相關
行業(例如承攬公部門文藝活動案的公關公司)工作者「企畫
力」的提升。

　　總的來說，詩不止作為一種文字創作，詩是文學，更是一種文化。其文創應用之可能，不該停留在把詩句印在飲料包裝和實用物品上的簡單思維（雖然那對創造產值不無幫助），我們大可把詩放在宣揚一種生活風格，行銷一個城市、族群、區域或國家這樣的層級上，而不受限於以精美文字行銷有形商品的「廣告文案」格局。

本單元習作

　　以下以羅任玲〈昨日的窗簾〉為實例，設計一份三週作業，帶領學員體驗遊戲化的書寫。

〈昨日的窗簾〉

◎羅任玲

被寂靜拋出的

夏天清晨六點的海

奧義環抱著

最遠最藍的那一點

默默划去

有心或無蹼的一部分

那是我昨日的窗簾

映著地圖上的旅人

水波蕩漾時間

光影斜斜

穿過了冬天的迴廊

只有祂雕刻的聲音

還留在金色琴弦上

橫渡了誰的衣鏡

誰春日的廢墟

（一）第一週：在模仿中重構

選取其中一段，進行模仿，揣摩文氣，練習句構邏輯的掌握，每一句只能置換一個動詞或名詞，寫完後另下標題。這樣的練習有如在原詩中挖洞，填入新詞，完成解構的同時，也完成了建構。寫完後另下標題。

★原作末段，畫底線者為準備代換的字詞：

只有祂雕刻的聲音

還留在金色琴弦上

橫渡了誰的衣鏡

誰春日的廢墟

★改寫後的版本舉例：

〈昨日的鞋印〉

只有時間雕刻的聲音
還留在泛黃筆記本上
橫渡了誰的字跡
誰青春的汗漬

（二）第二週：截句／詞再創作

　　擷取原詩詞句若干，進行排列組合，寫出更精短的新詩，藉此練習意象之間的跳躍性連結，並在整體意義脈絡上能夠自圓其說。寫完後另下標題。

　　★改寫後的版本舉例，從原詩其中三段各摘一句片段，串接成新作，這是一種向原詩致敬或致意的行動：

〈出神〉

清晨六點的海
水波蕩漾時間
只有祂雕刻的聲音

（三）第三週：詩與物的連連看

　　將前兩週改寫〈昨日的窗簾〉完成的新作當成「廣告文案」，為文字尋找代言的對象？可以是一張照片、一幅圖畫或一個物件，把精心挑選的「代言對象」帶到課堂上，公開分享，朗讀詩作，並說說詩作與物件的關係，探討詩作如何精準而有情味地為物件加值。以〈昨日的鞋印〉四行詩為例，搭配的「商品」可以是「手作布書衣」：

🖙 熊與貓樸實文創出品的手作布書衣（林黛嫚提供）

　　〈昨日的鞋印〉透露著珍藏時光、咀嚼回憶之意味，這樣的心念，適合以質感滑順溫潤的手作布書衣來包覆。您覺得呢？

白靈(2004)，《一首詩的玩法》，臺北：九歌出版社。

林德俊(2004)，《成人童詩》，臺北：九歌出版社。

林德俊(2009)，《樂善好詩》，臺北：遠景出版社。

林德俊(2011)，《遊戲把詩搞大了》，臺北：遠景出版社。

林德俊(2014)，《玩詩練功房》，臺北：幼獅文化出版社。

馮久玲(2002)，《文化是好生意》，臺北：臉譜出版社。

蕭蕭（1997），《現代詩遊戲》，臺北：爾雅出版社。

蕭蕭（2012），《後現代新詩美學》，臺北：爾雅出版社。

村上春樹著(2010)，賴明珠譯，《挪威的森林》，臺北：時報文化
　　出版社。

MEMO

MEMO

MEMO

MEMO

MEMO

MEMO

MEMO

國家圖書館出版品預行編目資料

現代詩的藝術跨界與應用／顧蕙倩，洪淳修，林育誼，陳謙，嚴忠政，林德俊編著.－第一版.－新北市：新文京開發出版股份有限公司，2022.06
　　面；　公分

ISBN　978-986-430-833-0（平裝）

1.CST:中國詩　2.CST:新詩　3.CST:文學與藝術
4.CST:詩評

821.88　　　　　　　　　　　　　　　111006876

現代詩的藝術跨界與應用　　　　　　　（書號：E452）

作　　　者	顧蕙倩　洪淳修　林育誼　陳謙　嚴忠政　林德俊
出 版 者	新文京開發出版股份有限公司
地　　　址	新北市中和區中山路二段 362 號 9 樓
電　　　話	(02) 2244-8188（代表號）
Ｆ　Ａ　Ｘ	(02) 2244-8189
郵　　　撥	1958730-2
初　　　版	西元 2022 年 06 月 10 日

法律顧問：蕭雄淋律師
ISBN　978-986-430-833-0